El turno del escriba

Alfaguara es un sello editorial del Grupo Santillana

www.alfaguara.com

Argentina
Av. Leandro N. Alem 720
C 1001 AAP Buenos Aires
Tel. (54 114) 119 50 00

Bolivia
Avda. Arce 2333
La Paz
Tel. (591 2) 44 11 22
Fax (591 2) 44 22 08

Chile
Dr. Aníbal Ariztía 1444
Providencia
Santiago de Chile
Tel. (56 2) 236 85 60
Fax (56 2) 236 98 09

Colombia
Calle 80, nº 10-23
Bogotá
Tel. (57 1) 635 12 00
Fax (57 1) 236 93 82

Costa Rica
La Uruca
100 m oeste de Migración y Extranjería
San José de Costa Rica
Tel. (506) 220 42 42 y 220 47 70 / 1 / 2 / 3
Fax (506) 220 13 20

Ecuador
Avda. Eloy Alfaro 2277 y 6 de Diciembre
Quito
Tel. (593 2) 244 52 58 / 244 66 56 /
    244 21 54 / 244 29 52 /244 22 83
Fax (593 2) 244 87 91

España
Torrelaguna, 60
28043 Madrid
Tel. (34 91) 744 90 60
Fax (34 91) 744 92 24

Estados Unidos
2105 N.W. 86th Avenue
Doral, F.L. 33122
Tel. (1 305) 591 95 22 / 591 22 32
Fax (1 305) 591 91 45

Guatemala
30 Avda. 16-41
Zona 12
Guatemala C.A.
Tel. (502) 475 25 89
Fax (502) 471 74 07

México
Avda. Universidad 767
Colonia del Valle
03100 México D.F.
Tel. (52 5) 688 75 66 / 688 82 77 / 688 89 66
Fax (52 5) 604 23 04

Paraguay
Avda. Venezuela, 276, entre Mariscal
López y España
Asunción
Tel./fax (595 21) 213 294 / 214 983 / 202 942

Perú
Avda. San Felipe 731
Jesús María
Lima
Tel. (51 1) 461 02 77 / 460 05 10
Fax. (51 1) 463 39 86

Puerto Rico
Centro Distribución Amelia
Calle F 34, esquina D
Buchanan – Guaynabo
San Juan P.R. 00968
Tel. (1 787) 781 98 00
Fax (1 787) 782 61 49

República Dominicana
César Nicolás Penson 26, esquina Galván
Edificio Syran 3º
Gazcue
Santo Domingo R.D.
Tel. (1809) 682 13 82 / 221 08 70 / 689 77 49
Fax (1809) 689 10 22

Uruguay
Constitución 1889
11800 Montevideo
Tel. (598 2) 402 73 42 / 402 72 71
Fax (598 2) 401 51 86

Venezuela
Avda. Rómulo Gallegos
Edificio Zulia, 1º
Boleita Norte
Caracas
Tel. (58 212) 235 30 33
Fax (58 212) 239 79 52

El turno del escriba

Graciela Montes - Ema Wolf

ALFAGUARA

© 2005, Graciela Montes y Ema Wolf
© De esta edición:
Santillana Ediciones Generales, S. A de C.V, 2005.
Av. Universidad, 767, Col. del Valle,
México, D. F. C. P. 03100
Tels: 55604-9209 y 5420-7530
www.alfaguara.com.mx

ISBN: 970-770-181-1

Primera edición: abril de 2005

Diseño:
Proyecto de Enric Satué

© Imágenes de cubierta:
The Riva degli Schiavoni, Canaletto
Winter Hawk, John James Audubon
CORBIS/COVER

© Diseño de cubierta:
Paso de Zebra

Y en el año de Nuestro Señor de 1298, estando él, Marco Polo, en prisión en Génova, messer Rustichello, ciudadano de Pisa, que estaba con él en la misma prisión, pensando en los beneficios de hacer públicas las grandes maravillas que Marco Polo había visto, escribió este libro verídico y sin engaño, y lo dividió en tres partes.

Los vencedores de Curzola

El día en que el pisano se cruzó con el veneciano estuvo marcado por la suerte. Hubo señales. Al menos una, que se presentó bajo la forma de una bella pieza de mierda, sin duda humana, en la que el pisano, trepado al techo del Palazzo del Mare por determinación propia y gracias al descuido de sus guardianes, hundió generosamente el zapato. Y aunque la señal no era de su gusto por pertenecer a una especie innoble, sin tradición ni prestigio, muy distinta de las que se le aparecían, por caso, a un Tristán de Leonnoys en el cielo de Cornualles o las que precedían las cabalgatas de Lancelote por el bosque de Broceliande, que servían de ingrediente en las novelas que había copiado y ensamblado en sus años de residencia en las cortes, no pudo menos que tomarla en cuenta. Tal vez en un primer momento haya atribuido el accidente al gato que brincó a su lado, rozándolo, cuando buscaba hacer pie en el techo de pizarra, empinado y resbaladizo, o quizás al temblor de las rodillas y a la agitación general del ánimo que le provocaba una escapada que a su edad y en su estado de cuerpo tenía rasgos de hazaña, pero enseguida desechó esas razones por toscas y prefirió pensar en un viraje de la Fortuna: haber pisado mierda de cristiano en una ocasión como ésta y en un lugar donde era improbable que la hubiera, no podía menos que ser un indicio extraordinario.

El acontecimiento lo complace. Está claro para él que la suerte acaba de tocarlo, le ha tendido una celada auspiciosa para enredarlo, con algún propósito todavía desconocido, en los sucesos que se desarrollan ante su vista. Y sentirse un predestinado le parece mejor que sentirse un pobre diablo, que es como se siente hace demasiado tiempo. Había llegado a pensar que nada más le depararía esa ciudad.

Hace catorce años que messer Rustichello, o Rusticien, como le gusta decir a él, ya que prefiere que su nombre vaya montado en los cornetes de la nariz y no en la punta de la lengua, está preso en Génova, la Superba. Los primeros cinco repartidos entre un campamento lúgubre junto al mar, que preferiría suprimir de la memoria, un rincón en el atrio de la iglesia de San Matteo —los Doria, campeones de la batalla, habían concentrado allí su botín de prisioneros—, una jaula atestada en la cárcel de Malapaga, otra, peor aún, en la mazmorra de la Porta di Santa Fede donde había estado a punto de morir de hambre y una celda bastante confortable en el Palazzetto del Molo donde había quedado mezclado con el contingente de los pisanos importantes. Los últimos nueve, en el *Palatium Comunis Ianue Ripa*, más llamado Palazzo del Mare, cuyo techo y prodigios acaba de conocer.

No es al sentido de justicia de los genoveses que debe sus traslados, sino a los avatares del hacinamiento, y, en alguna medida, piensa, a su labia y a su poder de persuasión. Desde un principio se había negado a hablar de sí mismo como de un prisionero común e insistía en proclamarse rehén, *obses liberandus,* y aludía a menudo, aunque de manera general, al rescate que su ciudad, Pisa, la blanca, la bella, habría estado dispuesta a pagar por un ciudadano de su valía, que si bien había pasado casi toda la vida lejos de ella no por eso había dejado de pertenecerle. A la hora de enumerar sus merecimientos, Rustichello comenzaba por su posición de bibliotecario, lector y calígrafo excepcional en la corte del rey Manfredo en Palermo, y seguía por la de traductor, adaptador, novelista, y hasta consejero real si lo apuraban, que, tras las batallas de Benevento y Tagliacozzo, había ocupado en la de Charles d'Anjou, tanto en Palermo como en Nápoles. De esa manera, asido a la cuerda de su relato, Rustichello había logrado dejar atrás las prisiones más lóbregas, de donde muchos habían salido sólo para ser enterrados o, peor, canjeados a sus parientes por un saco de cebollas, y se había abierto paso hasta la celda del Palazzetto, donde pareció normal que se codeara con compatriotas ilustres como el Donoràtico y el Bondi Testario. Cuando las negociaciones se estancaron y la esperanza de un armisticio o de un pronto rescate patrio comenzó a debilitarse, no sólo para él sino también para aquellos cuya influencia en los asuntos de Pisa era innegable, se le había hecho difícil sostener el prestigio. En Pisa nadie respondía por él ni le enviaba unos míseros florines para una camisa o un par de zapatos nue-

vos, antes bien usaba los que desechaban el Donoràtico y el Testario. Tampoco los reyes, hijos de reyes, encumbrados y notables que, insistía, estaban
dispuestos a pagar por él si Pisa lo abandonaba, le
habían enviado monedas o tan siquiera noticias. Por
atender a ese estado de orfandad, justamente, y también por encontrarle alguna utilidad a su declama-
da condición de hombre de pluma, sus captores habían decidido su traslado al Palazzo, donde por las
noches cumplía su papel de prisionero en una celda y, durante el día, el de amanuense en los varia-
dos despachos de la Aduana genovesa.

Ahora que ha llegado al techo de éste, su último destino, sabe que le bastaría girar la cabeza
para volver a ver los estrechos *caruggi* por donde
catorce años atrás él y otros nueve mil habían sido
arreados y sometidos a escarnio. Sucios, sangran-
tes, con grillos en los pies, los cómitres los habían
desembarcado en los muelles a empujones, haciendo chasquear los látigos, y los habían conducido a
marcha viva, a la vista de todos, hasta hacinarlos en
el playón de la Rocca di Sarzano. Al día siguiente
muchos ya estaban muertos y los enterradores habían tenido que hacer lugar allí mismo para cavar
las fosas. El pisano podría rehacer con la mirada cada una de las estaciones de su vía crucis. Pero no
quiere, no está aquí para mirar hacia el pasado sino para mirar el mar, como hacen todos. Sólo que
a él, hoy, la suerte lo distingue.

La señal huele. Rustichello trastabilla al querer acercar la nariz al zapato. Se sienta y busca algo con que raspar la suela. En la canaleta de desagüe

que corre junto a las almenas hay arena rojiza, espinazos de pescado, plumas, piedrecillas, una rata muerta, también algunos trozos sueltos de pizarra. No hace más de treinta años que Boccanegra, el *capitano del popolo,* mandó construir el edificio, pero las láminas de pizarra ya están flojas y muchas se han quebrado. En esta ciudad los vientos castigan siempre, hacen volar todo, la arena, las tejas, también habían hecho volar al Boccanegra. Rustichello elige un trozo de buen tamaño y con él rasca la suela. La mierda se pega a la pizarra y acaba untando todo el cuero del zapato. Rustichello la arroja de nuevo a la canaleta. Ni el badurno ni el olor desaparecen. Eso significa que el augurio es firme, que no podrá eludir con facilidad el llamado de lo que sea.

Olvida el zapato y vuelve a mirar el puerto. Los genoveses están apiñados en la Ripa. Han venido bajando desde las colinas, serpenteando por las callejuelas entre albergues señoriles y casuchas de madera, y se han volcado sobre la bahía hasta el borde mismo del agua. La ciudad es un gran anfiteatro desde el que es posible presenciar la escena final de un drama.

No faltó nadie a la cita. Pobres y ricos, sanos y tullidos. Vienen de uno y otro lado de las murallas a aclamar a los vencedores y burlarse de los vencidos. Son albañiles, zapateros, cambistas de la Piazza dei Banchi, orfebres y doradores, matarifes y triperos, fabricantes de escudos que enfrían los hierros con el agua del Soziglia, sastres y peleteros de Luccoli, barberos de las parroquias de San Cos-

me y San Damián, laneros de Rivoturbido, mula-
teros del Polcevera, hortelanos del Bisagno, pica-
pedreros de Carignano, caballeros Hospitalarios de
la Commenda di San Giovanni di Prè, cordeleros
y estibadores pobres que los domingos se congre-
gan en el atrio de San Marco, frailes, putas de los
lupanares de Fontane Marose y buscavidas que
abren de un tajo la bolsa de los distraídos. Todos
empujan y avanzan, asomando las cabezas por entre los estandartes con los escudos de las *compag-
ne,* pugnando por procurarse el mejor puesto de
observación. El desembarco de los presos promete
ser más animado que un incendio y que una ejecución.

Al alba se echaron a vuelo las campanas de
las iglesias y los monasterios, que no son pocos en
Génova, y desde entonces no han dejado de repi-
car. Los gorriones, las palomas, los mirlos, los ven-
cejos, asustados por el tañido interminable, no se
atreven a posarse en las torres y los campanarios.
Tampoco las gaviotas, espantadas por el ajetreo, se
atreven a acercarse al agua, y chillan feroces desde
el aire. Todos esos pájaros ruidosos revoloteando
sobre la ciudad parecen haberse sumado a los festejos. De las tres sedes que tiene la Comuna, de las
torres de las familias altas, de cada una de las cor-
nisas y ventanas de la espléndida línea de fachadas
blanquinegras de la Palazzatta, cuelgan tapices de
oro y de seda púrpura, y telas fastuosas con el em-
blema rojo de la ciudad y la figura de su santo patrono, el que ganó fama y gloria ensartando dragones. Las que han colgado de las ventanas del Palazzo

del Mare son especialmente pesadas y suntuosas. Entre las almenas han clavado banderas, y eso explica que Rustichello haya encontrado abierta la trampa que conduce al techo y se haya topado con el percance intestino de un guardia que el día anterior había estado trajinando con los paños. Los Doria sobre todo, que también en esta ocasión se sienten los dueños de la jornada, han abierto sus arcas y gastado sus buenas monedas no sólo en adornar las fachadas sino en repartir entre los pobres vestidos nuevos y pan blanco. Como el reparto se hace en nombre del desdichado Ottaviano, muerto en la batalla, los favorecidos han estado desfilando por el palacio de Domoculta desde las primeras horas de la mañana para presentar sus respetos a la madre del muchacho.

Las noticias se anticiparon a la flota y a esta altura todos conocen los hechos. Saben de los muertos principales, del furor de los venecianos, que eran más y daban por segura la victoria, de las miles de bolas de fuego que arrojaban los mangoneles, de las flechas que oscurecían el aire y del ruido aterrador de los espolones traspasando los cascos. La batalla pasó a ser de todos, se la cuenta y se la oye contar en el interior de las casas, los pórticos, los playones de los caravaneros, los bancos y los mercados. Cinco semanas atrás, frente a la isla de Curzola, en el Adriático, Venecia, la altiva, la que se llama a sí misma la novia del mar y que cada año celebra con él sus esponsales, fue derrotada en sus propias aguas por los genoveses, que ahora vuelven a casa con las presas ganadas. En tiempos en que las guerras se dicen santas, ellos creen que también esta batalla se ganó con la bendición divina. La victoria coincidió con la víspera de la Natividad de la Virgen, por lo tanto la Virgen misma, como recompensa a sus plegarias, que los genoveses nunca le han hecho faltar, como tampoco cirios, trajes de seda y brazaletes de oro, les ha concedido el regalo de dieciocho galeras enemigas hundidas en batalla, sesenta y seis capturadas y destruidas allí mismo, en las playas de Curzola, siete mil venecianos muertos y otros tantos capturados, que ahora, al desfilar por la Ripa y las calles, ofrecen un espectáculo soberbio y una advertencia al mundo de qué cosas Génova es capaz. Sí, María se había portado bien con ellos. De aquí en más recibirá la ofrenda de un nuevo manto de oro para cada aniversario.

El relato de la batalla se mezcla con otros relatos, los contiene y abraza, los embellece y los talla para la historia como inscripciones en la piedra. El de Ottaviano, el hijo del almirante, es uno. En mitad de la refriega cayó malherido sobre el puente de la nave, murió en brazos del padre, que ordenó arrojar el cuerpo al mar para no hacer peligrar el desenlace de la batalla. «En la patria no habrías tenido sepultura mejor», dicen que le dijo Lamba al hijo muerto. Ese relato viene pegado a otro, es su par, no menos terrible: durante el viaje de regreso, Andrea Dandolo, el almirante veneciano, aprovechando un descuido de los guardianes, se arrojó contra el banco de los remeros al que estaba encadenado y se partió el cráneo en pedazos.

Gestos heroicos que los genoveses aman. En la confusión de los acontecimientos los relatos se van acomodando y cada uno ocupa su lugar en el orden justo de las emociones.

Le navi! Las primeras velas se habían dejado ver al sudeste con el sol del amanecer. A esa hora las habían divisado desde el faro del Cabo y desde el promontorio de San Benigno, luego desde la ciudadela del Castelletto y el monasterio vecino de San Francisco cuyo campanero había dado la voz, enseguida desde la torre de Luccoli. Avanzada la mañana, ya desde la playa, las habían visto los cinco hijos de un tintorero de Foce —se los reconoce por las manos y los pies azules— que de inmediato se habían encaramado sobre una mula gorda y habían trotado hasta el puerto desparramando a gritos la noticia. Al rato ya todos las veían, también los habitantes de las laderas de Albaro y Lavagna y los leprosos de la colonia, que corrieron hacia las rocas agitando los muñones en saludo. Rustichello de Pisa las había visto bastante después, ya a punto de ser arriadas, cuando los barcos se disponían a cruzar la península del Molo, pero no desde la ventana de su celda sino desde el sitio elegido, el mirador soberbio del techo.

Los triunfos no son blandos ni generosos. Las galeras de la Serenísima, apenas dos, llegan al puerto remolcadas por la popa, con las banderas a la rastra, el león de San Marco barriendo el agua. Los prisioneros bajan cargados de cadenas, todos, sin distinción de rango: remeros y capitanes, procómitres y soldados rasos. Los genoveses humillan a los vencidos con ademanes estridentes, y eso excita a la multitud. Muchos venecianos están heridos, hay mutilados, pálidos como espectros caminan arrastrando los pies, los jugos de las cuartanas chorreándoles las pantorrillas, algunos maldicen al cielo y la impericia del almirante que no vaciló en presentar batalla con el sol en contra, otros se mantienen en silencio con los dientes apretados, impávidos, como si ya hubieran dado la vida por terminada.

Los perros —la ciudad está llena de ellos— ladran desatinadamente contagiados por el desborde general y hostilizan los tobillos de los presos, que tropiezan con las tablas de los muelles y las piedras de las calles. También ladran los hombres y las mujeres, que azuzan a los perros y a los hijos contra los vencidos mientras gimen por sus muertos. Cuando cesan de ladrar y gemir, disfrutan del espectáculo y guardan las imágenes en la memoria para que ella se las devuelva luego, cuantas veces quieran evocarlas. El acontecimiento atrajo a juglares, adivinas y tocadores de *caramella* que están haciendo más ganancias que las que alguna vez soñaron, aunque sólo consigan hacerse oír de a ratos, cuando calla la fanfarria de trompas y tambores. Un ciego mendicante recita letanías, y su perro, que lleva un hilo de conchillas anudado en el pescuezo, recoge monedas, basuritas de latón y guijarros en la escudilla que sostiene con la boca.

De pensar en un ángulo mejor desde donde contemplar la escena, habría que elegir el del cernícalo que en ese mismo momento, volando más arriba que las gaviotas y mucho más arriba de lo que acostumbran a volar los cernícalos, describe pesados círculos sobre la bahía. La vista agudísima del pájaro lo abarca todo. Sólo él puede atrapar en su ojo las colinas, el mar, toda Génova, empinada sobre su triunfo, y todas las naves del puerto, y también el nudo más pequeño en el más delgado de los cabos, la fauce del dragón en el estandarte y el puño crispado del prisionero. También abarca la figura de Rustichello. Ve al pisano agazapado, que desde esa altura es tan insignificante como una liebre, poco más que un roedor de los que el cernícalo atrapa. Ve su pie torcido que resbala cuando intenta encaramarse sobre el vértice del techo, y los trozos menudos de pizarra que desprende. El cernícalo vuela sobre todos ellos, víctimas, victimarios y curiosos, blancos de su mirada atenta. Recorre cada fragmento del gran fresco. Controla, en su asombrado planeo, cada una de las piezas de ese magnífico rompecabezas.

Pero Rustichello no es el cernícalo sino un prisionero que ha encontrado el modo de escaparse al techo. Su visión no es tan amplia ni sus ojos tan agudos. Con todo, le bastan para seguir el detalle de los acontecimientos. Por una extraña vuelta del destino le toca ser espectador de la misma escena que, catorce años atrás, lo había tenido como protagonista. Aunque los vencidos sean otros, los vencedores siguen siendo los mismos. Un Doria y otro Doria, hoy Lamba, catorce años atrás Oberto, su hermano. El puerto es el mismo, la misma crueldad. El faro del Cabo, que se recorta contra el cielo al final del arco de la bahía, le trae a la memoria otro faro, el de Meloria, que durante cien años había guardado tan bien su ciudad, pero que al final de un día negro, día de San Sixto, por ironía el santo patrono, sólo había servido para iluminar despojos. Naves aplastadas contra las defensas del propio puerto, el agua vuelta sangre, miles de muertos, y tantos prisioneros, Rustichello entre ellos, que la ciudad había quedado vacía de hombres. Haber vuelto a la patria después de tantos años no en un día cualquiera sino en la víspera del ataque, y que lo hubieran invitado, sin derecho a negarse, a formar parte de la tripulación de una galera, y que le hubieran puesto un remo en la mano, a él que no había sostenido más que plumas, suponía un desvío, tal vez el más brutal de los que había sufrido el curso de su vida.

Rustichello se inclina sobre el borde del techo y saca la cabeza por el hueco entre dos almenas hasta quedar casi colgado sobre el agua. Quiere ver mejor todo lo que sucede. El paño de una bandera lo oculta a medias de la multitud, aunque sabe que nadie le prestará atención allá abajo, y en cuanto al carcelero, los guardias y los funcionarios del Palazzo no notarán su falta, habituados como están a verlo desaparecer detrás de la puerta de los despachos. Así asomado, alcanza a ver, de tanto en tanto, las cabezas de los jueces y los notarios en las ventanas inferiores, y un poco más arriba, en la última planta, ya muy cerca del techo, los nudillos de su compañero de celda asidos a los barrotes.

La gritería en la Ripa ahora es más fuerte.
Rustichello reconoce la calva solemne de Lamba
Doria. El comandante ha puesto pie en tierra, le
han echado sobre los hombros el manto de terciopelo púrpura que se reserva a los vencedores. Saluda, la multitud lo aclama y se abre a su paso. Irá
primero hacia la catedral de San Lorenzo, donde lo
recibirá el arzobispo, y luego a San Matteo, la iglesia gentilicia, a confundirse en un abrazo con los
suyos. Todos vivan al comandante, gritan y se per-
signan por el hijo que se le murió. Detrás marcha
a los tropezones un lote de prisioneros que acaban
de desembarcar de la nave almirante. A Rustichello le llama la atención uno, el más alto, coronado
por un gorro de piel rizada que, sin querer, con-
trasta irreverente con la calva del comandante. No
parece abrumado por la ciudad hostil, la multitud
ni los perros que lo acosan. No los mira. Levanta
la cara y deja que los ojos descansen sobre el pájaro, ya no más que un punto, que planea encima
de su cabeza.

El pisano recorre el contorno del techo siguiendo la senda estrecha del desagüe y al término
del trayecto tiene las colinas a su frente. Mira hacia abajo y alcanza a ver el final del séquito que se
aleja. Desde las ventanas las mujeres agitan cintas,
arrojan flores y ramitos de romero, de menta, de
albahaca, mientras los niños alfombran las calles
con varas de laurel. Pronto estarán en la catedral
agradeciéndole a María la dicha de haber aplasta-
do a la más orgullosa de sus rivales. Entre cirios
nuevos y vaharadas de incienso y latines le prome-

terán que, si persiste en ayudarlos y les concede el favor de hacerlos señores absolutos del Mar Negro, si permite que Caffa florezca, que los fondacos de Túnez y Alejandría prosperen, y Layas se sostenga, y Focea siga entregándole su alumbre, y nadie les dispute Córcega y Cerdeña, si los protege de los piratas sarracenos y de la codicia de los catalanes y los marselleses, y consiente que todos los puertos se les abran, y que Flandes les sonría y Constantinopla los apañe, si les permite seguir vendiendo sal a todo el mundo y financiándoles barcos a los franceses y a cualquiera que les pida dinero sin echarles queja por la usura, van a levantarle una iglesia más grande que la de Santa Sofía.

El pisano completa la vuelta del techo y antes de meterse en el agujero por donde había salido echa una última ojeada al puerto, a los marineros afanados entre los remos y a los soldados que alivian las galeras de los últimos cautivos. El centro de la fiesta ya no está en la Ripa, la muchedumbre se ha ido acercando a Sarzano, al Campo Pisano, donde los venecianos están siendo concentrados hasta decidir qué se hace con ellos. Rustichello llena los pulmones con el viento que viene del mar. Empieza a temer que demasiado aire puro, y sol, y luz, lo enfermen. Su nariz se dilata con los olores del pescado y la grasa rancia que llega de los barcos, el aceite y la mierda providencial de su zapato. Cuando ya ha metido las piernas y tiene sólo medio torso afuera, carraspea y rasca el moco de la garganta, que siempre tiene, y en abundancia, gracias a la humedad del edificio, lo sostiene un momento sobre la lengua, evalúa su consistencia, y después lo echa al aire, hacia las torres. Imposible saber dónde cayó. El viento tuerce la trayectoria de las cosas, el cernícalo ya abandonó la vigilancia, y en las calles hay hoy demasiado escupitajo suelto.

Las gallinas de Fugiú

Dos días después del desembarco la rutina de carga y descarga había recuperado su ritmo, los *magazzini* de la Sottoripa engullían mercadería con la voracidad de siempre, las veloces saetías habían vuelto a recorrer las riberas olfateando contrabandistas, los *salvatores portus et moduli* a medir desde sus atalayas el porte de los barcos que se aproximaban al Mandraccio, los pescadores a alistar sus redes mientras descifraban los cambios del tiempo en el movimiento de las nubes y las olas. A esas fajinas se agregaba ahora la de remediar los destrozos que la furia de los venecianos había infligido a la flota. Algunas averías ya habían sido reparadas durante el lento viaje de regreso desde la Dalmacia, pero había sido necesario el cobijo del puerto para acabar de reemplazar remos, bancadas, timones y mástiles partidos, componer los aparejos y las cofas deshechas, cambiar las maderas de cubierta que el fuego griego y las andanadas de piedra habían quemado o agujereado. Los barcos habían vuelto a casa tan maltrechos como los hombres que los habían llevado a la guerra. Un viejo dromón bizantino, una galeota pequeña y dos taridas de las que habían servido de apoyo a la flota están apuntaladas sobre las gradas del Arsenal, donde manos expertas se ocupan de lo más urgente: taponar los rumbos de agua. Otros barcos, entre ellos los quince que el propio Lamba aportó a la guerra, todavía esperan el turno de ser izados a tierra, y mientras tanto permanecen anclados en el arco externo de la bahía, al cobijo de la gran Dársena nueva, o de la más pequeña frente a San Marco.

Los maestros carpinteros, señores del inmenso escenario circular que forma la ensenada, marcan, implacables, el ritmo de los trabajos. La ciudad confía en sus *maestri d'ascia* más que en cualquier podestá, *capitano* u obispo. Son los auténticos salvaguardas de su fortuna, que, como el mundo sabe, descansa en los barcos, que cuando no están mercando están guerreando, lo mismo es, por el bienestar de la República. Doblados sobre los planos, leen en ellos como sacerdotes en libros sagrados. Bajo sus órdenes, un ejército de hombres de tez oscurecida y manos partidas por la sal, disciplinados y diestros, acarrean troncos, serruchan, clavan, encolan y lijan, atentos al menor gesto, leyendo sus instrucciones en el simple movimiento de una ceja. Se sabe: las batallas, los piratas, las tormentas y los incendios que estallan en el puerto a menudo les arrebatan los frutos del esfuerzo, pero allí están para empezar de nuevo, madera sobre madera, ideando barcos cada vez más veloces, más ofensivos, más fuertes, y también para reparar los que vuelven a casa descalabrados.

Las galeras venecianas capturadas serán las últimas en recibir atención. Son dos, que llegaron repletas de prisioneros y ahora se mantienen a distancia, fondeadas en el centro de la bahía. Sobre las cubiertas hay restos de escudos y fieltros destrozados, que todavía huelen a vinagre y a orines. Las banderas vencidas seguirán en el agua hasta que los colores se desvanezcan y las telas se pudran. Chicos descalzos corren de una punta a otra de los muelles y les arrojan piedras buscando hacer blanco en los puentes desiertos. Un cosedor de velas levanta la mirada para ver si aciertan y sólo ve un grupo de gaviotas que chillan, inquietas, desde el aire. Los estibadores van y vienen inclinados bajo los bultos, maldicen a los apedreadores que se les cruzan por delante y los llaman *«galuscii di rata»*. Después reacomodan la carga en las fajas y siguen la marcha hacia las *raybe*. Cerca, un par de calafateadores se inclinan sobre las embarcaciones que están vueltas con las quillas al aire en la playa pedregosa, avivan el fuego de los calderos y manipulan los cordones de estopa con que han de cerrar las juntas. Viejas redes de pesca y jarcias deshilachadas servirán para hacer el trabajo, nada se desperdicia. Los olores de la brea, la pez y el sebo se les prenden a todos de las narices.

Vigilando el pulso de los trabajos el Palazzo del Mare se adelanta como una proa fenomenal sobre el dibujo del puerto. Entre los cimientos, que se hunden en el agua formando bóvedas, mana la corriente dulce del Soziglia, y a su influjo se balancean cuatro o cinco botes insumisos de los que hay siempre amarrados bajo los arcos. En el corazón del edificio, en el *cortile,* cuyo pórtico se abre hacia la ciudad, el movimiento no es menor que en los muelles. Tampoco aquí es posible demorar la tarea: la Aduana genovesa tiene brazos muy largos, nada de lo que ocurre entre la Rocca del Monaco y Lerici escapa a su control, aunque sus preocupaciones llegan mucho más lejos, hasta el último fondaco de la más remota de las colonias. Hay que vigilar los negocios en la Gazaria, administrar la concesión de las gabelas, cobrar impuestos mayores y menores, pesar mercadería, inspeccionar sacos y toneles que a veces contienen sorpresas, despachar mulas, discutir tasas, levantar actas, y traficar, ya de manera más casual, información de todo tipo, desde el precio que alcanzó el alumbre en manos de los Zaccaria, que de piratas han pasado a ser señores del Mar Negro, hasta los últimos chismes de los lupanares de Marsella, o, más cerca, y que circula con insistencia entre los funcionarios, el del palacete que la ciudad ha decidido regalarle a Lamba en agradecimiento por la hazaña.

Fuera del edificio las noticias frescas del día que animan la ceca y los dos mercados vecinos son, en orden de importancia: la llegada de un barco propiedad de Husam al Din, el sultán de Egipto, que de su escala en Ceuta trae, además de esclavos —carísimos, cada uno cuesta lo que una misa a perpetuidad—, y de escudillas árabes esmaltadas, también carísimas, un lote de colmillos de elefante; la extravagante conducta del farero Colombo, a quien esa mañana su hijo y ayudante, cuando trepaba con una brazada de *brisca* para abastecer los fuegos, había hallado una vez más pasmado y tieso, con la vista clavada en el horizonte; la buena suerte de Adalasia, la sirvienta del notario Salmono, a quien su amo había dejado en herencia unas pieles de conejo; y por fin, en un escalón más alto y mucho más digno de interés, la gresca entre una mujer que vendía huevos y un puñado de jóvenes de familia rica, que ocurrió al promediar la mañana entre la *clapa dell'olio* y la *clapa dei pesci* a la hora en que los puestos estaban más concurridos.

Los gritos de la mujer atrajeron primero a los compradores de aceite, que acabaron formando un corro alrededor de ella, luego a los compradores de pescado, y por fin a uno de los inspectores, quien no pudo ignorar los gritos, que amenazaban con transformarse en un aullido perpetuo. La mujer tenía el acento de los campesinos de la Val Bisagno y, por añadidura, cambiaba en eses todas las consonantes del discurso. Al parecer había entrado a la ciudad por la Porta Soprana con dos capones, hortalizas y huevos. Los capones y las hortalizas los había vendido en el mercado de San Giorgio, no así los huevos, de modo que había llegado hasta allí bordeando el acueducto para intentar cambiarlos por aceite. La *besagnina* ahora clamaba por sus huevos y señalaba la canasta donde quedaba uno solo, para colmo cascado. Los causantes del despojo, por lo que aseguraba la mujer y a duras penas se entendía, eran seis o siete jóvenes aristócratas, de los que al culminar el relato no quedaban en las inmediaciones más que cuatro.

Del viejo tronco de los vizcondes de Génova habían salido las tres ramas de los Carmadino, los De Insulis y los Manesseno, que luego darían

origen a la fronda de los Avvocato, los Lusio, los Pe-
vere, los Serra, los De Mari, los Usodimare, los Spinola, los Embriaco, los Castello, los De Marino,
que a su vez se unirían en productivos injertos
con los Della Volta, los Guercio, los Doria y los
Porco, para acabar trenzados en calurosas alianzas
y también en venenosas disputas con otros grandes: los Fieschi, los Grimaldi, los Montaldo... Un
mismo follaje todos, señores de muelles, torres y
alberghi, financiadores de monasterios y constructores de iglesias con los que se aseguraban la salvación eterna para sí y su progenie, y todos en el fondo parientes, turnándose desde hacía dos siglos
para urdir los destinos de Génova, peleando y
componiendo sus asuntos según el único e impos-
tergable propósito de volverse más ricos y más po-
derosos cada mañana al cruzar el umbral de sus casas. De allí salían, invariablemente, los cónsules, los
miembros de la Credenza, los ancianos del Conse-
jo, los jueces de todos los *uffícii,* los dueños de la
deuda pública, los arzobispos, los almirantes de
la flota, los embajadores, los *capitani del popolo,* los
salvatores portus, y también, con demasiada frecuencia, inútiles como los que acababan de arrebatarle los huevos a la mujer.

El inspector buscó con la vista algún
miembro de la guardia comunal y, al no encontrar ninguno, pudo comprobar una vez más que
nunca estaban donde se los necesitaba sino, muy
probablemente, en el extremo opuesto de la ciudad.
Para librarse de la mujer y volver cuanto antes a sus
ocupaciones, y dado que no había en los alrededo-

res otro funcionario de mayor rango en quien derivar el problema ni otro edificio con más viso de autoridad que el Palazzo del Mare, el inspector arreó hacia allí a la vendedora y, con más aprensión, a sus agresores, que a esa altura eran solamente dos, los únicos que se habían dejado atrapar.

Una comitiva de curiosos los escoltó hasta la entrada, y allí, muy a su pesar, debió abandonarlos. El inspector traspuso el pórtico, y entre los funcionarios que circulaban por el *cortile* reconoció a un juez de robos. Estaba charlando con un recaudador que acababa de tasar, no sin dificultad, un colmillo de los llegados de Ceuta. El juez se quejaba del desorden en que estaba sumida la oficina y de lo incómodo que era ir y venir de la nueva sede del Comune, en Serravalle, todavía sin terminar, a la vieja del Palazzo del Mare, cada vez que había que buscar un expediente. El inspector interrumpió la lamentación y rápidamente impuso al magistrado del conflicto.

El juez de robos observó a los detenidos. Reconoció al menor de los Spinola, y supuso que el otro, por las cejas espinudas y el mentón de chivo, debía de ser un Streggiaporco. De los ocho magistrados que integraban el *ufficio pro robariis,* él era uno de los cuatro de origen popular, no aristocrático, de modo que no tuvo duda en cuanto a considerar a esos dos muy por encima de su estatura. También miró a la mujer, pero no vio en ella nada digno de tomarse en cuenta. Notó, sí, el acento campesino, y cuando logró atravesarlo, entendió que echaba pestes contra la ciudad e invocaba la protección de cierto señor dueño de un molino cuya prosapia no despertaba en él más reverencia que la de un fabricante de zuecos. La mujer remataba cada andanada de quejas con un saltito, en el punto más alto de la rabieta les mostró el trasero a los aristócratas. El magistrado ignoró el gesto. Puesto en la obligación de actuar, requirió del Spinola y del Streggiaporco su versión de los hechos. Los llamó «señorías».

Por dentro maldijo al inspector: no era el primero que le endilgaba un pleito suelto, imaginando que estaba bajo su jurisdicción. Éste en particular, reglamentariamente hablando, le resbalaba. Lo suyo era investigar las *depredationes, offensiones, robariae, intemperantiae et iniuriae* perpetradas por los genoveses en ultramar, resarcir a los afectados y evitar que las víctimas tomaran represalias contra las colonias; de ningún modo ocuparse de huevos que no habían atravesado aduana alguna, y habían sido puestos por gallinas que habitaban apenas fuera del perímetro de la ciudad, al otro lado de las murallas, por lo que a su dueña no podía considerársela extranjera, ni el daño que había sufrido tenerse por amenaza a ningún territorio del Oltremare. Empezaba a desear que los tres meses que duraba su mandato lo mantuvieran lo más lejos posible de ese sitio y lo más cerca de Serravalle, aunque estuviera lleno de albañiles.

Los interrogados admitieron que efectivamente habían tomado algunos huevos de los que llevaba la mujer, pero no debía considerarse eso un robo sino una expropiación *pro patria,* ya que habían procedido a arrojarlos contra los cuerpos de seis venecianos que en aquel momento estaban siendo trasladados hacia allí, hacia el Palazzo. El magistrado recordó entonces el más nuevo de los inconvenientes: las celdas del edificio, que no eran muchas y no albergaban más que presos ocasionales, amenazaban con poblarse de recién llegados, con el agravante de que en este caso se trataba de rehenes, y un rehén debía ser conservado en buenas condiciones, lo que no era obligatorio en el caso de los demás. Pero tampoco ése era problema suyo, y urgía, en cambio, sacarse de encima este otro, el de los huevos, que, pensó, convenía derivar sensatamente a una sede judicial. Estaba por sugerir al inspector que trasladara a los tres, a los aristócratas y a la *besagnina,* a la de San Lorenzo, que era la más próxima, cuando de golpe advirtió que estaba solo: el inspector había desaparecido y el tasador del colmillo conversaba con otro.

La mujer había dejado de aullar. Por los agujeros donde una vez habían estado los dientes escupía eses y, uno tras otro, recuerdos a la familia de sus agresores, especialmente a sus madres, sus muertos y las madres de sus muertos. Si tenían necesidad de huevos para honrar a la patria, dijo, debían recurrir a los propios, no los de sus entrepiernas, que no valían nada, sino los que ponían las gallinas en sus casas de ricos, y dejar de perjudicar a las personas pobres que tenían los huevos contados y ninguno para desperdiciar. A ella, además, los venecianos y la patria, ésta o cualquier otra —salto, media vuelta y trasero—, le importaban un belín.

El calibre de los insultos hizo que el magistrado pensara en la conveniencia de, al menos, levantar un acta, como era de uso ante cualquier disputa donde entraran en juego intereses, aun de poca monta. Volvió a escrutar el rostro de esos hijos de familia que tenía adelante y no acertó a adivinar si se estaban burlando de él, la mujer y todo el mundo, o eran lo bastante estúpidos como para creer que la patria de verdad iba a agradecerles semejante gesto. Suspiró: ese Spinola y ese Streggiaporco de la pera de chivo algún día manejarían el destino de Génova y tal vez el suyo. Como cabía la posibilidad de que el acta fuera vista por los padres de los patriotas, un tío arzobispo o alguno de sus incontables alcahuetes, entre los que estaban casi todos los que cumplían funciones en ese edificio, mandó a un mensajero de los que atravesaban al trote el *cortile* a buscar a messer Rustichello, que haría el trabajo con buena letra y sin manchar.

El pisano no está en la planta baja sino arriba, en el primer piso, en la oficina de archivos cercana a la cámara que originariamente se había reservado para los *capitani del popolo* y que por vaivenes de la política nunca había sido ocupada por *capitano* alguno. Cuando lo mandan buscar está hundido entre papeles hasta la nuez del pescuezo. Escribe alejando la cara de la cartilla. Moja un extremo de la pluma en la tinta y con el mismo impulso mecánico chupa el otro extremo, la punta barbada de la pluma. Vicio inofensivo adquirido en sus años de escriba, manía nerviosa, que tiene la ventaja de dar a sus plumas un aspecto lo bastante desagradable como para disuadir a cualquiera de tocarlas.

Interrumpe la tarea y, arrastrando los pies, sigue escalera abajo al mensajero con las herramientas del oficio a cuestas, folios limpios y una mesilla portátil del estilo de las que usaba San Gregorio Magno. La suela del zapato, para quien acerque la nariz y aspire concienzudamente, todavía huele a mierda, pero eso no le impide al dueño adoptar cierto aire de monarca condescendiente, como cada vez que lo apartan de la faena que tiene entre manos para asignarle otra a su juicio tan inútil como la primera, ajena a su curiosidad, en todo hostil a sus cualidades de toscano culto. Pero por el momento su vida es eso: un error. Al mismo tiempo que su imaginación lo tironea hacia un camino boscoso donde Gyron le Courtois amenaza con su espada la garganta de un usurero rico para obligarlo a entregar su bolsa a un aldeano pobre, su existencia verdadera, la que le devolvería el espejo, de tener uno, es la de un hombre ya viejo, preso, sudando tinta.

Rustichello se permite informar al magistrado que debido a la interrupción difícilmente acabará de asentar en copia lo recaudado el día anterior. El magistrado ignora el comentario: ése no es asunto suyo sino del juez de las calegas, es decir mucho menos suyo aún que el asunto de los huevos. Rustichello nota que han estado controlando la descarga del barco proveniente de Ceuta, según deduce por el colmillo de elefante, que está apoyado en la columna y que cada tanto se desliza y cae al suelo, y pregunta en tono cauto mientras afila la pluma si el susodicho barco, que ha hecho, sabe, una escala en Pisa, no habrá traído alguna carta de interés para él relacionada con su rescate. El juez de robos vuelve a ignorar el comentario: los rescates de prisioneros —rehenes, lo habría corregido el pisano— tampoco son asunto suyo sino cuestiones que se discuten entre notarios y emisarios de las familias poderosas, es decir, se cocinan en ollas distintas de la suya.

Mientras la mujer sigue escupiendo insultos y mientras el Spinola y el Streggiaporco se pavonean por el recinto de un extremo a otro argumentando en favor del derecho a mortificar a los enemigos de la República en cualquier lugar donde se los encuentre, incluso dentro de la misma República, con cualquier elemento útil en la ocasión, también los viles huevos de una vil campesina, el pisano, experto en la rutina de las actas, escribe: *Anno ab Incarnatione Dni. Nri. Jhu. Xri. millesimo duocentesimo nonagesimo octavo, mensis october, etc., etc., Palatio Dugane Maris etc., etc.,* se presentan ante mí, *sapiente pro robariis, iure et facto, etc., etc., in limine litis etc., etc., domina...*

—*Domina?*

... Bonanata, *contadina* de la Val Bisagno *et nobilissimi viri signori...*

—*Signori...?*

... Ludovico Spinola y Bartolomeo Streggiaporco que en compañía de otros honorables, *ex dictis* de la antedicha *per verum testimonium, etc., etc.,* le arrebataron la cantidad de huevos...

—*Quanti?*

... catorce, que eran de su propiedad...

Los acusados gritan que los huevos no eran más de cuatro o cinco. La mujer grita que eran catorce y vuelve al aullido de bocina.

Mientras sigue la controversia con respecto al número, Rustichello asienta en el acta la calidad de los huevos y el sitio de postura, y agrega por su cuenta otros detalles pertinentes. Testigos del hecho: todos los parroquianos del mercado. Estado de los huevos a priori: sanos. Estado de los huevos a posteriori: rotos. ¿Eran cinco o catorce? Rustichello moja y chupa, suspende la caligrafía, espera, con la pluma en alto. No se ponen de acuerdo. La mujer transforma uno de sus saltos en un vuelo y se abalanza con la boca abierta y su único incisivo sobre la yugular del Spinola. Intervienen dos guardias, que la zamarrean. El juez de robos quiere amordazarla, la llama «*mala ancilla*» y pide disculpas a los señores por el incidente. Rustichello vacila. Las artes notariales de la ciudad de Génova, tan ingeniosas y eficaces, no contemplan sin embargo situaciones de este tipo: cómo dejar asentado un entredicho si no se conoce la cantidad exacta de la mercadería en litigio.

El escriba se permite llamar la atención del magistrado para sugerir que tal vez se podría hacer comparecer a los propios reos para que informaran cuántos huevos, exactamente, les habían caído encima.

No es costumbre del pisano intervenir, pero la situación lo aburre. Además siente curiosidad por los venecianos, la misma que dos días antes lo llevó a incursionar por los techos, y cierta complicidad entendible: los enemigos de sus enemigos son sus aliados. Tampoco ha olvidado que en Meloria el almirante de la flota pisana era un veneciano, Albertino Morosini, que había sido herido en combate y había caído prisionero de los genoveses, igual que él, sólo que al Morosini lo habían liberado enseguida, mientras catorce años después él seguía allí, aunque no era el único, para ser exacto, presos quedaban muchos todavía, y algunos eran hombres ricos. Sea como fuere, Rustichello se siente movido a hacer causa común con quienquiera que esté atrapado en esa ciudad, no importa la razón, todas le parecen injustas.

El juez de robos da curso a la sugerencia. Un momento después los venecianos están allí. Forman un grupo colorido y arrogante. Ignoran a la mujer y a los guardias que los escoltan. No paran de hablar entre ellos en su dialecto pero se niegan a responder a la pregunta del juez. Por fin uno dice recordar muy bien cuántos huevos les habían arrojado. Argumenta sin embargo que su condición de prisionero de guerra los exime de colaborar con sus captores. Los demás asienten indignados. Se limpian los restos de huevo en el pelo y en las túnicas, y durante largos minutos no hacen más que recriminar a la justicia genovesa el haberlos encerrado, a ellos, ciudadanos de la Serenísima República, hombres de linaje de la Laguna, junto con burdos evasores de impuestos, rateros del fisco, mentirosos y miserables ladrones de balanza.

La campesina ahora les reclama los huevos a los venecianos como si los hubieran usado para adornarse. Habla en su jerga, de modo que ellos no la entienden. Rustichello empieza a pensar que así es imposible completar un acta. Repara en uno de los venecianos. Es el del gorro de piel, el mismo que vio descender en el muelle detrás de Lamba Doria y el único que no parece interesado en el pleito. Mientras los otros discuten, asiste a la escena como un espectador distraído. En cambio, mira con atención la pluma que Rustichello tiene en la mano y las manchas de huevo en sus ropas y las de sus compatriotas, observa también el único huevo sano que quedó en la canasta de la mujer. Su vista va y viene blandamente sobre esas cosas.

—... en el reino de Fugiú hay una raza de gallinas que no tienen plumas sino pelos, igual que los gatos, pelos de color negro, y ponen huevos, claro, ponen huevos, igual que las nuestras.

En medio del alboroto el único que escuchó al veneciano del gorro fue el pisano. No estaba seguro de si correspondía anotar eso en el acta.

El magistrado mandó recoger el colmillo de elefante que una vez más se había derrumbado a sus espaldas y resolvió que debía terminar cuanto antes con el asunto. Por hacerlo de algún modo más o menos honorable, mandó a Rustichello dejar asentados en el acta los nombres de los venecianos, su negativa a declarar por tales y cuales razones —las antes expuestas—, la cantidad precisa de huevos en disputa y la consiguiente imposibilidad de proceder a la reparación que reclamaba la mujer, me-

nos aún al castigo de los culpables, en el caso de
que los hubiera. Con eso finiquitaba la controversia, *quod scripsi scripsi,* y cada uno de vuelta a lo suyo, *pro forma, fiat iustitia pereat mundus, etc., etc.*

Los venecianos cantan sus nombres con orgullo, en voz tan alta que desde otros rincones del
cortile se vuelven para mirarlos. Alardean de rangos
y títulos, vínculos e influencias. Son comerciantes
ricos, miembros de buenas familias, patricios cortos, uno de la estirpe del dogo Gradenigo, todos
sin excepción procómitres y dueños de galeras hundidas en Curzola, y todos rehenes de peso, por los
que sus parientes, llegado el caso, pagarán rescates
en buenos ducados de oro. El último en dar su
nombre es el del gorro. Dice llamarse Marco Polo,
hijo de Niccolò y sobrino de Maffeo, mercaderes
nobles de la parroquia de San Felice, ahora residen-
tes en la corte Sabbionera, parroquia de San Giovanni Crisóstomo, ausentes los tres de Venecia durante veintiséis años por haber viajado a Catay, el
confín del imperio de los tártaros. Enseguida agregó que las gallinas con pelo de Fugiú se podían comer. Las gallinas y los huevos se podían comer, las
dos cosas.

Rustichello quedó con la pluma suspendida.
La *besagnina* lloraba.

El huésped

La celda que messer Rustichello comparte con el preso conocido como Tribulí, *«il Vescovo»*, *«il Pazzo»* y a veces *«la Pecorella»* es fría y rezuma agua gomosa. Pero tiene una ventaja, suena a barco. Una vez que cae la noche y se silencia el puerto, se oye muy bien el mar golpeando y empujando los cimientos del edificio. Como las celdas están alineadas en el piso superior y sobre la fachada que da al agua de la bahía, es fácil imaginar al entrar en ellas —es lo que Rustichello imagina cada día cuando acaba con sus tareas de escriba y Carabó vuelve a encerrarlo bajo llave— que se aborda una nave.

El pisano tiene la imaginación fácil y algún entrenamiento en urdir ficciones. Por lo general no imagina sino en forma de friso. La historieta que se le representa en este caso, al embarcarse en la celda, es la de un pisano, justamente, un hombre de origen humilde pero de sentimientos elevados, un cortesano irreprochable, que cruza el mar hacia su destino. La nave que lo transporta lleva músicos, flautistas y citaristas, y espléndidas banderas desplegadas. El pisano va de pie en el castillo de proa, y, cosa llamativa, aunque es escritor —algo evidente, ya que va con la pluma en la mano—, lleva puestos también espada, yelmo y celada. La escena siguiente muestra su llegada a Aigües Mortes, donde lo espera Charles, conde de Provenza y de Anjou por gracia de su padre, el rey de Francia, y rey de Sicilia por gracia de Dios y hábiles maniobras de Su lugarteniente el Papa. ¿Por qué está en Provenza el tal Charles si es rey de Sicilia? ¿Qué hace tan lejos del *Regno*? El friso no lo aclara. Rustichello vuelve a omitir toda alusión a las razones de ese desplazamiento. Un autor puede elegir qué poner o quitar de las historias, y él elige no incluir la derrota, ni las terribles Vísperas Sicilianas que sacudieron el tablero y obligaron al d'Anjou a replegarse a su condado para planear la reconquista, ni las masacres perpetradas por los terratenientes enfurecidos, hartos de costearle las guerras, ni las humillaciones a que fueron sometidos tantos cortesanos honestos, como él mismo, que tuvieron que escapar hacia cualquier parte con los lienzos en la mano. Por la misma razón omite otro detalle de peso: el tal Charles d'Anjou está muerto y bien muerto desde hace catorce años, repartido, si es que se cumplió su última voluntad, en tres cajas —un sarcófago y dos urnas— en las que descansa por partes: el cuerpo en Nápoles, donde reinó como un Carlomagno, el corazón en París, como correspondía a un Capeto, y las vísceras en Foggia, donde, marchito ya su plan provenzal, secuestrado el hijo, partido irremisiblemente el *Regno,* lo alcanzaron la desesperanza y la muerte. Rustichello conoce el dato pero lo omite en beneficio de su friso. Pasa de inmediato a la escena

final, el desenlace, que muestra al pisano navegan-
te acogido como un héroe por el conde-rey y toda
su corte engalanada como para un torneo, que lo
vitorea y lo lleva en andas hacia algún castillo.

Messer Rustichello, entonces, que durante el
día se podría tener por hombre animoso, urdidor
de pequeños planes, capaz de llamar a sus captores
—si bien por lo bajo y empleando un prudente
francés— «mercachifles soreteduro», «comeajos» y
«usureros», hombre capaz, se ha visto, de trepar al
techo y escupir las torres, al caer la noche y tener
que volver a su celda, pierde audacia, se repliega, deja que el rumor del mar lo envuelva y echa mano
a sus fantasías.

Tribulí, que no tiene las ventajas que él tiene y salvo raras ocasiones pasa la vida en la celda, lo
ve entrar y lo saluda con un brusco golpe hacia atrás
de la cabeza. Un gesto único, enérgico, que le echa
el mentón hacia arriba y le desnuda el gañote, y que
a Rustichello le recuerda el de la garza devorando un
pescado. Lo considera una forma de homenaje, de
modo que lo agradece. Instantes después, cuando
complete su pequeña historieta redentora, lo incor-
porará a la escena de los cortesanos en el puerto de
Aigües Mortes, todos en fila a lo largo de la orilla,
saludando la llegada del pisano pródigo con rápi-
dos, acompasados gestos de zancuda.

De Tribulí no se puede esperar nada más.
Y no porque sea mudo, que no lo es, Tribulí habla,
o al menos suena, sino porque nadie en el Palazzo
ha logrado hasta ahora identificar su idioma. Ni
idioma, ni nombre, filiación, patrimonio, puerto

de procedencia o registro de llegada. Traspapelada la causa de su detención, tampoco se encuentra el motivo que permita liberarlo. Es un ignoto, pero no molesta. Es vistoso, incluso, con su cabeza puntuda en forma de mitra y sus tatuajes, hasta útil alguna vez, a su manera, manso y sin queja, pero incomprensible, de una incomprensibilidad absoluta, ni siquiera los gestos se comprenden. Sólo ése, el de la garza pasando el pescado por el gañote, que se puede interpretar como un saludo, y al que Rustichello responde con una inclinación breve.

Terminado el fugaz intercambio Tribulí vuelve a su rincón, del que no saldrá sino hacia la medianoche, que es el momento de su arrebato, y Rustichello se acomoda en el suyo para acabar de desplegar la historia con que suele consolar las noches. Si tiene suerte conciliará el sueño en el momento en que Charles d'Anjou lo llame su *«escrivain favori»* para envidia de los bardos renombrados, Bertran d'Alamanon, Guillaume de Rutebeuf, Jean de Meung, Adenet le Roi y Adam de la Halle, de quienes ignora si aún siguen vivos pero que, para gloria propia y beneficio de su friso, deberán estar presentes. Igual que el desafortunado Sordello, el mantuano, a quien la muerte, acaecida veinte años atrás pocos días después de haber recibido del rey cinco hermosos castillos en Provenza, no lo librará de asistir a su triunfo. Si no tiene suerte y el sueño tarda en venir, abandonará la ficción en el punto de la apoteosis, cambiará el jergón por la cátedra y entrará de lleno en el terreno de la filosofía. El mar lo ayudará a llegar hasta allí, una vez más le permitirá emigrar del gran malentendido, la incomprensión general, los genoveses, la celda.

Como esta vez el sueño no llega y sobre el final del friso provenzal se le cruza de buenas a primeras la gallina peluda de la que había hablado el veneciano, y, junto con la gallina, la mujer de los huevos, y tras ella la mierda de los Spinola y los Streggiaporco, y con la mierda, el zapato, y la rueda de la Fortuna, el pisano considera llegado el momento de entregarse a sus meditaciones. De manera que se pone de pie y se dirige a su cátedra.

La cátedra es en realidad una silla de respaldo alto y apoyabrazos estrechos, destrozada a medias por un hachazo año atrás, cuando gibelinos iracundos habían esparcido por la ciudad los bienes de los Grimaldi al enterarse de que Malizia, el jefe de la familia, le había arrebatado a la Comuna la Rocca del Monaco. Había quedado un tiempo en el *cortile* del Palazzo, la habían arrimado luego a un rincón del tercer piso y había terminado en una de las celdas, por lo general destinada a los trastos. Rustichello la había rescatado de allí en una maniobra furtiva, seguro de que el güelfo no la reclamaría, al menos en el corto plazo. No era linda, tampoco cómoda. El asiento estaba tan ladeado que las nalgas de quien se sentaba en ella se deslizaban irremisiblemente hacia la derecha hasta quedar posadas en el apoyabrazos. Pero en opinión del pisano era absolutamente necesaria: se podía soñar echado sobre la paja, pero para filosofar había que estar erguido, a cierta distancia del suelo, con la cabeza sostenida por las manos.

Los conocimientos de Rustichello no eran profundos pero sí surtidos, habida cuenta de que el sur de Italia, en especial Palermo y Nápoles, donde había pasado los veinte mejores años de su vida —tenía apenas diecisiete cuando su maestro dominico lo había empujado hacia aquellos sitios—, era, por ese tiempo, un hervidero de filósofos. Algunos ya veteranos, heredados del gran Federico II, el emperador total, *stupor mundi et imperator mirabilis,* como lo llamaban por igual admiradores y víctimas, que mientras mandaba destripar güelfos y súbditos ariscos encontraba tiempo para dedicarse a los altos pensamientos, los ateneos poéticos y la novedosa ciencia; otros más jóvenes, importados por su sucesor en el trono, el gran Manfredo, o por Charles, el del friso, que tal vez fuera un tanto menos intelectual que sus antecesores los Hohenstaufen pero que de cualquier forma tenía su buena biblioteca.

De aquí y de allá, y sobre todo de dos tratados que había copiado para el d'Anjou, el pisano había ido recogiendo sus axiomas. Como uno de los tratados era de cetrería, escrito por el propio Federico —también para eso encontraba tiempo—, las aves ocupaban un lugar preponderante en sus convicciones, que incluían tanto las creencias en torno a los augurios de las cornejas según estuviesen ubicadas a derecha o izquierda del viandante, de frente, de perfil, de culo, en vuelo o posadas, como otros más prácticos en torno a los azores, su muda, hábitos de caza y entrenamiento. El otro era una guía portuaria de autor desconocido, traducida del árabe por un monje excomulgado luego por averroísta, donde se enumeraban vientos, corrientes frías y cálidas y ritmos de mareas. Estos dos tratados constituían el marco general de su cosmología. Sumados a algunos dichos y coplas que siempre le habían hecho gracia, y al canon universal de la caballería, le permitían concebir el mundo como una especie de gran *panino*. Por encima y por debajo, dos eternidades: la de los pájaros voladores, que todo lo abarcaban desde el aire, y la del mar, obstinado e incorruptible, que para Rustichello era siempre el Mediterráneo. En el medio, sujetos a mudanza, atados irremediablemente a la rueda de la Fortuna, diminutos en sus barquitos y sus ciudades, los hombres: pisanos, venecianos, genoveses, sicilianos, franceses, bizantinos, tunecinos, flamencos..., y hasta engendros inclasificables como Tribulí, que, en ese momento, mientras el escriba vuelve a acomodar el trasero en la silla, alza el jubón y se mira los tatuajes.

A esta trilogía de base —pájaros avizores, gente entrampada y agua eterna— el pisano había ido agregando muchas cosas, aquí un detalle, allá un sacramento, un misterio, un santo, un milagro... Incluso un silogismo, una aporía y un almagesto, que le parecían palabras extraordinarias. Últimamente había resuelto injertarse en la rama robusta de Ptolomeo —de ahí el almagesto—, aunque para estar a la moda habría tenido que pensar en algún seguidor de Averroes o, más prudentemente, en los doctos predicadores como Alberto Magno, o Tomás de Aquino, al que conocía de verlo pasar por las calles de Nápoles y hasta de haber asistido a una de sus clases en la Universidad. Pero Tomás le daba dolor de cabeza, hablaba siempre en latín y, con una insistencia demoledora que al pisano le parecía innecesaria, de la inmortalidad del alma. En su opinión no había por qué mezclar la teología con la filosofía, que eran bien diferentes. Una cosa eran los asuntos de la fe, que consistía en obedecer a la Iglesia, ganar la protección de los santos y hacer lo necesario y hasta lo superfluo por esquivar el Infierno, y otra muy distinta la filosofía, que nada tenía que ver con la salvación eterna pero contentaba el entendimiento. Sí, prefería a Ptolomeo antes que a Tomás. Apreciaba su astronomía, sobre todo el detalle de las nueve esferas concéntricas que, al girar, cantaban. El ejemplar del *Sphaera Mundi* que había en la biblioteca de Nápoles —allí el almagesto, por fin, se le había vuelto comprensible— tenía las páginas gastadas y ahumadas por las velas. Su propio emparedado, su *panino* cósmico, sería esférico también, y podría constituir la triple y más profunda capa de la gran cebolla. Más arriba vendrían la luna, los astros, las estrellas fijas, el empíreo y *tutti gli fiocchi,* pero eso ya era asunto de Ptolomeo, y él en esas cuestiones no se metía.

En ese punto de su menjunje filosofal, cuando pensaba en la posibilidad de agregar al menos un par de nuevos ingredientes, Rustichello terminó de deslizarse hacia el apoyabrazos y consideró que era el momento de obligar a su nalga a remontar la ladera. Fue entonces cuando se oyeron ruidos en el corredor, se abrió la puerta, y una figura grande y oscura atravesó la reja, tropezó con el vaso de los orines y al tropezar cayó al suelo, casi junto a sus pies. Detrás volaron un par de escudillas y la puerta se volvió a cerrar.

A Rustichello le bastó una ojeada, a la escasa luz que entraba por la puerta y la más escasa de las ventanas nocturnas, para reconocer al veneciano de las gallinas.

Primero le llamó la atención lo desusado de la hora, luego lo impresionó la nueva y grata coincidencia. Su primer impulso fue asestar al recién llegado una pregunta que le rondaba desde hacía un par de días, casualmente, sobre cierto aspecto no del todo claro para él —de siempre interesado en las aves—, relacionado con la naturaleza y destino de las extrañas gallinas a las que se había referido aquella mañana. Pero se detuvo. La compostura que guardaba el nuevo prisionero, que a esa altura se había puesto de pie, sacudido la ropa, erguido la cabeza y vuelto a acomodar el gorro, lo intimidó. Guardó silencio con respecto a las gallinas y decidió recurrir a su francés de corte para ganar crédito frente al recién llegado. Se inclinó y, a modo de presentación, dijo:

—*Messire Rusticien, ancien escrivain du Roi...*

El otro movió la cabeza y le contestó en véneto, lengua que por desgracia Rustichello hablaba poco y mal, ya que en el *Regno,* aunque había extranjeros de todo pelaje, los venecianos escaseaban. No entendió si el hombre había hecho un comentario sobre su condición de escriba real, o simplemente había vuelto a mencionar su nombre y su domicilio en Venecia, algo que Rustichello ya sabía por haberlos asentado en acta. Como el escriba no respondió, el veneciano repitió las mismas palabras, pero dirigidas a Tribulí, que seguía subiendo y bajando el mentón sin que le devolvieran el saludo. El pisano entonces se apresuró a abandonar el francés y recurrir a la mezcla de *lingua franca* e italiano de batalla que nadie que hubiera pisado un puerto del Tirreno o del Adriático podía ignorar. Eso facilitó las cosas. Rustichello aludió compasivamente a Curzola, reflotó Meloria, e hizo referencia a la gran cantidad de prisioneros que había en la ciudad. El veneciano murmuró que eran más los muertos, entre ellos los tripulantes de su propia galera.

Un rato después, se podía decir que conversaban.

De esa primera conversación debió quedarle al veneciano una serie de ideas acerca de damas, paladines, códices, azores mudados, torneos, penachos, un tal Meliadus, escribas de caligrafía admirable, un príncipe inglés, una cruzada, trovadores remunerados por encima de sus méritos, blancas torres en peligro, un caballero cautivo y un rescate demorado. A Rustichello, en cambio, le quedó una certeza abrumadora: su nuevo compañero de celda había viajado muy lejos, más lejos que cualquier otro hombre, galopado con los tártaros, atravesado desiertos, y visto tantas cosas, tantas, y tan extrañas, que por un momento el pisano llegó a pensar que tal vez su *panino* no fuera bastante amplio como para abarcar todo lo existente. Al hablar, el veneciano descubría un diente en cuyo centro brillaba un punto rojo, una pequeñísima piedra fulgurante.

Al filo de la medianoche Tribulí comenzó con su rutina.

La escena era habitual y se repetía casi idéntica cada noche. Primero se ponía de pie asaltado al parecer por una súbita e intensa necesidad de ser comprendido. Luego se dirigía expresivamente hacia su público —hoy duplicado en número— y mimaba. Con el tiempo había desarrollado una gran capacidad histriónica, y como era hombre todavía joven, sus gestos y pequeñas dramatizaciones resultaban casi encantadoras. Insuficientes, sin embargo, y siempre confusas, porque, en su esfuerzo por comunicar, Tribulí improvisaba nuevas tácticas cada día, echando mano de cuanto estaba a su alcance, imitando sucesivamente a diversos animales —su imitación del Grifo era una de las más oscuras—, a algunas plantas incluso, y reproduciendo escenas crípticas, bíblicas o paganas, junto a otras que remitían inequívocamente a acontecimientos y personajes del puerto.

La representación, siempre hermética, culminaba con algo así como un acto de rebeldía. Se arrancaba la túnica-harapo, gritaba algo breve y gutural en su propia lengua, se mostraba un momento desnudo —su miembro era delgado y largo— y se volvía de cara a la pared. De un brinco se aferraba con las dos manos a los hierros que cruzaban la ventana que daba al oeste, encogía las piernas, acercaba el vientre al hueco y meaba. Meaba larga y copiosamente sobre el mar. El olor de la orina flotaba un momento en el aire, después se desvanecía. Era el final del drama. Tribulí se desprendía de las rejas y se dejaba caer suavemente al suelo. Luego volvía a su rincón, a meterse en sus andrajos, y se dormía con un sueño insondable, especie de cancelación, del que era imposible despertarlo.

Rustichello miró al veneciano, que contemplaba la escena con tranquila curiosidad. Dijo, a manera de disculpa, que se trataba de un comportamiento habitual en su compañero de celda, y que era sólo cuestión de acostumbrarse, que él mismo se había sentido algo intimidado al principio, pero luego, enseguida, se había habituado, y hasta encariñado con él, debía decir, dada su mansedumbre. Estaba allí desde antes de que él llegara, desde siempre. El veneciano preguntó cómo debía llamarlo. El pisano respondió que como mejor le gustara, ya que carecía de un nombre y no tenía sino apodos, diversos y fluctuantes, algunos bastante acertados. Después señaló su propia cabeza y dijo que, en su opinión, y en la de muchos otros, todos los que nacían con la cabeza así, puntuda, como de gorro de obispo, tarde o temprano se volvían locos.

El veneciano dijo:

—No crea.

Un rato después se quedó dormido con la espalda pegada a la pared.

Hombres con fauces de perro

Una vez al año, en fecha impredecible, haciendo caso omiso de las reglas que gobiernan los movimientos del cielo, alterando incluso sus ritmos naturales, el *libeccio* se echaba a soplar con fuerza sobre la ciudad durante siete días exactos, ni uno más ni uno menos, y acababa mutando en tormenta. El fenómeno excedía largamente el alcance de los tratados que se ocupaban de esos asuntos, los mismos genoveses habían renunciado a encontrarle explicación y habían terminado por aceptarlo como un capricho espasmódico del viento que algún día desaparecería. Messer Rustichello, mejor dispuesto para apreciar rarezas de todo tipo, lo consideraba tranquilamente un prodigio —siete, al fin de cuentas, era un número cabalístico— y, si mal no recordaba, era así como figuraba en su guía portuaria, donde el averroísta excomulgado lo había incluido sin mayores argumentos en el capítulo de los misterios insondables del aire.

Carabó, el carcelero, tiene los ojos clavados en la moneda. Celebra el trueno que estalla y el insecto que se posa.

—Mosca.

La tormenta, singularmente poderosa esta vez, ha coincidido con el aniversario de otra mutación, la del agua en vino, cuarto milagro de San Ugo, proeza que el virtuoso varón genovés había cumplimentado un siglo atrás muy cerca de ahí, en la explanada de San Giovanni de Prè, ante testigos oculares cuyo número, portentosamente, no sólo no menguaba sino que crecía año tras año, lo que era tenido por el milagro quinto y póstumo del santo. Carabó se persigna, es devoto.

Esa noche los orines de Tribulí se habían mezclado con las primeras gotas de lluvia y las primeras ráfagas de la borrasca. Las ráfagas habían confundido todos los líquidos: la lluvia, el meo y las salpicaduras de la marejada que empezaba a castigar con dureza los flancos del edificio. Poco después la tormenta se adueñaba de la ciudad y de las almas.

Ahora el Palazzo no solamente suena a barco, también se zarandea. El pisano siente el cabeceo y el rolido, la impresión es tan fuerte, tan vívida, que su estómago amenaza con liberar las habas del desayuno. Le cuesta concentrarse en el juego. No es su único malestar. Además lo han sacado de su celda, y no por su gusto. Apenas el sueño había hecho presa del veneciano y de Tribulí —el pisano imaginó que el sueño los devolvía a ambos, libres, a los lugares remotos donde una vez habían vivido—, una uña grasienta había rascado los barrotes, y el dedo grasiento que se continuaba en la uña grasienta lo había invitado fuera, a otro cubil, en rigor una celda, igual a la suya pero ubicada en el ángulo opuesto, al final del corredor de los infractores, donde se celebraban las

partidas furtivas. Ahora está ahí, en la madriguera del carcelero. Y juega, a la mosca. Pero la tormenta, el cabeceo tozudo del edificio, las moscas
que zumban a su alrededor, lo desacomodan, pierde el tino.

Carabó soba sus monedas, las acaricia, las
amasa, ablanda el metal, les comunica el pringue
de los dedos. El escriba presume que les está traspasando una porción de algo que por propia virtud
atraerá a las moscas, algo inconfesable, no sabe qué,
que hiede. Por eso tuerce la nariz, la aparta. También aparta la vista, pero sobre todo la nariz. El olfato de messer Rustichello padece como una humillación la cercanía del carcelero, se resiste y
gime. Y aunque también todos los demás sentidos
del pisano se rebelan contra esa cercanía, el olfato, a través de su herramienta, la nariz afinada de
quien una vez olió los aromas que brotaban del
cuello de las damas —su memoria tarda, por cierto, en traer al presente aquellos aromas—, es el que
más sufre la ofensa. Que no es poca, y que resulta
del destilado de ajos, cebollas, pastinacas, liebre
salvaje y coles que sale de la boca del carcelero, más
el concentrado agrio de los sobacos, la reminiscen-
cia a mula que arrastra de su tránsito por el *cortile*
y, en conjunto, el tufo perpetuo a perro muerto
que emana de su persona, siempre, sin dar tregua
al aire que lo circunda, y que para colmo empeo-
ra y se espesa con la *maccaia*. A tal punto, que la
única vez que Carabó se había presentado a una
partida perfumado el pisano no había podido sino
pensar en un delito.

Sin embargo, juega con él a la mosca. El carcelero le presta las monedas, de poco valor, antiguos *quartari, petachine,* las estrictamente necesarias para no quedarse nunca sin contrincante.

Juegan con regularidad, en especial cuando el mal tiempo obliga a suspender los movimientos del puerto y anticipa un día, o más, con poco por hacer, o nada. En días así, las moscas desmayan, están pesadas de alas, la frecuencia con que se posan en alguna de las dos monedas es mayor, entonces el juego, que en eso consiste, se vuelve más entretenido, las monedas van y vienen, pasan con rapidez de una mano a otra. El carcelero se anima. Consigue cabos de vela nuevos y una bota de *vernaccia* de Corniglia, saca al pisano de la celda y lo arrastra a su cubil para jugar y acabar el vino, en ocasiones acompañados de uno o dos guardias de ronda. A veces las partidas son reñidas y el campo acaba sembrado de cadáveres. Otras veces los duelistas se entregan serenamente a su suerte y se adormilan encima de la mesa, entre las moscas. Moscas no faltan, sobre todo en verano, suben directamente desde el muladar del *cortile* y desde la *clapa dei pesci*. De día hay suficientes allí mismo, sueltas, cautivadas por los desperdicios de las escudillas de los presos. De noche las trae el carcelero, que acostumbra guardarlas en una ladronera de cuero y parece que las criara de pura raza de establo, de gordas que las tiene, y hasta que lo reconocieran como amo y estuvieran de su lado en la suerte.

—Mosca.

El carcelero se relame, juega confiando en la conjunción extraordinaria de la tormenta y el aniversario del milagro del santo que lo apaña, es probable que no vuelva a darse una coincidencia tan auspiciosa. La *vernaccia* aumenta su confianza. También él, como Ugo, podría aplacar la sed de sus compatriotas haciendo surgir de la tierra una fuente, sólo que la suya no sería de agua. Ahora moja el dedo con la *vernaccia*, lo chupa y lo expone al viento que se filtra por los barrotes, tan fuerte que acabará por afinarlos. Verifica la dirección del aire y calcula su incidencia en los desplazamientos de las moscas, que no se mueven de manera antojadiza sino en respuesta a estímulos increíblemente sutiles.

El pisano carece de estrategia, además está distraído, y, como tampoco descansa en la ayuda del santo —Ugo, con sus camisas de cáñamo y su costumbre de dormir sobre tablones siempre le había parecido no más que una curiosidad de la Commenda di Prè—, sólo le queda confiar en que una mosca se pose sobre su moneda sin otro impulso que la pura benevolencia. No es probable que ocurra. Aunque tal vez sí: no le está siendo indiferente a la Fortuna, ella lo considera, todo hace pensar que lo toma en cuenta. Hubo una señal —la suela todavía huele—, y de ella se desprendieron coincidencias que, bien miradas, puestas una al lado de la otra, encajan: la vieja, los huevos, los venecianos, las gallinas, las plumas, los pelos, el gorro de pelo, el veneciano del gorro... ¿Por qué está en su celda ese veneciano?

Carabó resopla: si no le gusta ése, se lo puede cambiar por cualquiera de los otros, le da igual. Pero si es capaz de apreciar consejos, le conviene quedarse con el que le tocó, que es el que menos habla. Los demás no han hecho otra cosa que alborotar de día y de noche, protestar y quejarse a gritos —él mismo los habrá escuchado—, exigir noticias de sus parientes, lamentarse, reclamar finezas y trato distinguido, y secarle *le cugge,* tanto, tanto, que había decidido repartirlos, de a uno, en las celdas del último piso. Entre las vacías, las ocupadas y la de los trastos habían alcanzado justo. Espera que ahora dejen dormir, aunque lo duda. El carcelero sacude la cabeza, no comprende de qué se quejan, con lo bueno que es estar ahí. Insiste: si no quiere a ese veneciano, se lo cambia por otro, le da igual.

Rustichello vuelve a pensar en la antojadiza Fortuna, que lleva y trae a los hombres, los junta y los separa sin considerar en absoluto sus deseos. Está a punto de compararla, en su proceder, con los vientos en general y con el *libeccio* en particular, pero abandona esa idea y vuelve a la mosca. Vuelve a medias. Juega, pero de lejos. Quiere dormir. Hace tiempo que el sueño le es esquivo, hecho al que no han de ser ajenos el jergón duro y la edad, que le fue avanzando. Nunca se lamentó, sin embargo. Las vigilias le sirven para mantener sus meditaciones en buena forma, robustecidas por las audacias que el insomnio enciende en la imaginación fértil. Pero esta noche quiere dormir. O no, estar despierto pero ausente de cuerpo, sustraer su persona a las demás, empezando por la del carcelero. Tendido o erguido, en el jergón o en la cátedra, en una de esas posturas tratar de poner orden en su cabeza. De algo está seguro: no quiere jugar a la mosca. Sin embargo juega.

—Mosca.

El carcelero acaba de interrumpir con el aliento la trayectoria de una, verde, que cae sobre su moneda patas arriba, muerta. En otra ocasión el pisano habría protestado por el ardid contrario a las reglas, esta vez no le importa, deja pasar. Tiene el entendimiento atestado.

El friso que es capaz de urdir cada noche, más todas las cuestiones y los axiomas que animan su *panino,* aunque copiosos y en perpetua expansión, siempre habían gozado de espacio suficiente y de un paraje claramente asignado en el vasto cosmos de su cabeza. Pero ahora su cabeza es un arcón revuelto cuya tapa no cierra. Si bien todos ellos, el friso y las verdades, acostumbraban circular, mezclarse, intercambiar fragmentos, nunca habían dejado de hacerlo en armonía, no tan perfecta como la de las esferas de Ptolomeo pero al menos lo suficiente para no colisionar. Ahora todo se confunde. Las imágenes no danzan, zumban; tampoco están solas, las perturban otras, fugaces. Las más inquietantes muestran fuegos y jinetes oscuros, miles de ellos, lanzados en carrera desaforada por el desierto. El pisano se esfuerza por gobernar el caos, saca, pone, ordena, pero su esfuerzo se desmorona. Trata de acomodar los ingredientes del *panino,* introducir de nuevo a los frágiles humanos entre las dos rebanadas de eternidad, la de arriba y la de abajo, pero se escapan por los bordes. Esa noche la nave había avanzado hacia Aigües Mortes, como siempre, pero la villa se había

alejado de la proa en lugar de acercarse, los citaristas pulsaban las cuerdas sin concierto, el yelmo em-
plumado chorreaba agua de lluvia, las cornejas habían confundido la diestra con la siniestra y no
habían dicho nada con sentido. La inmortalidad del
alma, nada menos que la inmortalidad del alma que
tanto preocupaba a Tomás, se le escurría al pisano
bajo el triple fondo de la gran cebolla.

El mar zamarrea duro la quilla del edificio,
las paredes escoran. Un trueno casi tira al pisano
del escabel. Sus meditaciones están invadidas sin
remedio por lugares, distancias, gentes, bestias y espíritus, todo lo que había salido de la boca del veneciano en las oportunidades en que habían con-
versado: la noche de su llegada, la siguiente, y esa
tarde, a la caída del sol. En algún momento Polo
había soltado algo acerca de un viaje por mar, una
princesa, tormentas pavorosas, encantadores de
vientos, hombres con cabeza de perro —con ojos,
orejas y hocico de perro— que comían carne humana, todas piezas que Rustichello intentaba unir
sin éxito, ya que se presentaban aisladas y en pedazos, sin necesidad aparente, entre silencios largos.
El veneciano las mechaba con observaciones prácticas y referencias a las finanzas familiares, ajeno a
la ansiedad que provocaba en el único de sus socios
de celda capaz de entenderlo. El pisano había escuchado y hecho algunas preguntas, sin poder asegurar que el otro las hubiera contestado. Había
quedado estampado como un insecto contra ese
nuevo friso, incompleto y lleno de agujeros, que le
era extraño y a la vez fascinante.

Rustichello reacomoda la moneda en la mesa y el trasero en el escabel. Intenta distraerse echando mano a algún tema de conversación de los que solían animar las rutinas de mosca. Vuelve sin mucho énfasis a su queja habitual, y es que el juego sea ése y no otro más acorde con su condición. Un juego de tablas, por caso, donde fuera preciso desplegar alguna estrategia. Las damas ¿por qué no?, o el ajedrez, que los cruzados llevaban y traían por Europa y que la Iglesia se empeñaba en condenar, aunque él seguía sin entender el motivo, ya que reyes y obispos, como era evidente para todos, lo practicaban con mucho placer. El pisano trae a cuento el hecho de que también condenaba estos juegos el rey Luis, el canonizado flamante, el que les lavaba los pies a los pobres, y que era tanto el fastidio que profesaba por estas prácticas, que cierto día, enterado de que su hermano Charles, entonces conde de Anjou y Maine y luego rey de Sicilia y señor suyo —Rustichello levanta las cejas cuando menciona a su protector—, estaba jugando a las damas con Monseñor de Nemours mientras se oían aún los alaridos de los agonizantes de Mansura, cayó sobre ellos, cubrió de improperios a Monseñor y a su pariente, y arrojó al mar las piezas, el tablero y los denarios de la apuesta.

Carabó escucha la interesante historia y su única respuesta es un eructo. El pisano no se molesta, pues, en agregar que le habría gustado tener un juego de ésos, no tan valioso como el de un rey, uno más modesto, de madera y hueso, y que, de tenerlo, estaría dispuesto a aprender a jugar. El carcelero, está claro, no tiene aspiraciones más altas que la mosca. Rustichello se pregunta si la mosca será pecado mayor o menor que el ajedrez, también si el hedor de Carabó no superaría a ambos, al ajedrez y a la mosca, entre las cosas que el Demonio estima.

Sin embargo, por extraña ironía, en la memoria del pisano los pecados del carcelero no se asocian con un hedor sino con un perfume, un aroma cautivante que cierta vez se había abierto paso entre la mezcla de col, mula y sobaco agrio que lo precedía como la trompeta de un heraldo. Rustichello, lejos de considerar el perfume un gesto de cortesía para con el prójimo, lo vinculó con un asunto turbio, un crimen, algo que debía tomarse como una amenaza. El carcelero nada había dicho acerca del origen de su buen olor, pero el pisano no necesitaba ser Merlín para adivinarlo, sobre todo cuando más tarde un guardia advirtió que alguien había estado hurgando en una partida decomisada de esencias de Oriente, que faltaban ampollas, y que una yacía rota en el piso, seguramente por torpeza del ladrón. Desde aquel día el pisano no había dejado de observar la minuciosa rapiña con que el otro aligeraba el depósito de mercadería incautada, y también que cada mañana posterior al robo el carcelero aparecía transmutado y radiante, de modo que no era difícil suponer que los tesoros iban a parar a manos femeninas a cambio de favores que tampoco se necesitaba ser Merlín para imaginar.

Carabó se limpia las uñas en la paja del catre.

—Mosca.

Un ejemplar digno de una caballeriza real acaba de posarse en la moneda del carcelero, por lo que su contrincante ve desaparecer la propia entre los dedos grasientos. Carabó usa el aliento para hacer brillar la moneda conquistada, la empaña y la frota. Al escriba se le cruzan visiones de hombres con fauces de perro. Está visto que no va a poder concentrarse, las esferas músicas de Ptolomeo le cantan en el oído, pero desafinan.

La atención del pisano va a dar una y otra vez a un lugar, siempre el mismo, un surco profundo del que sale, y en el que enseguida vuelve a caer. En ese lugar cientos de aves de presa —son azores espléndidos, gerifaltes, halcones peregrinos y cernícalos como los que sobrevolaban el puerto— mutan fantásticamente hasta transformarse en gallinas negras con pelo que picotean el suelo. Son gallinas de Fugiú, que, aunque de una apariencia que contradice la de las aves, al menos se comen cocidas —de algo había logrado enterarse por fin el escriba—, no como en el reino de Yachi, uno de los siete que formaban la provincia de Karazán —¿o había dicho seis el veneciano?—, donde las gallinas eran en todo iguales a las nuestras, pero las gentes que habitaban el lugar, que eran idólatras y estaban sujetas al Gran Khan de los tártaros, las comían crudas, y entre ellos se disputaban el hígado palpitante mojado en salsa de ajo, aunque nadie supiera hasta hoy por qué hacían eso ni con qué gusto ya que hablaban una lengua que solamente ellos entendían.

Rustichello suma y mezcla. Un trueno y una gallina, hombres-perro, monedas, comedores de carne con salsa de ajo, encantadores, hígados palpitantes, princesas crudas —¿qué habría dicho su maestro de semejantes descarríos?—, y como si todo eso fuera poco: tártaros. Demasiado para su cabeza. El arcón no ha de cerrar ni aunque se siente sobre la tapa.

Con ese veneciano, piensa, le ha caído en la celda un pedazo formidable del mundo, para él, como para tantos otros, un misterio del que apenas entrevé fragmentos, hilachas, los hilos de vapor que libera un caldero tapado. Esa porción del mundo se agazapaba al acecho. No estaba en el cielo de Ptolomeo ni en su friso provenzal, estaba en la tierra, los límites se extendían hasta un mar en el que nadie que él conociera había navegado, no era territorio de paladines sino de hordas, los cartógrafos lo habían soñado solamente, los Papas habían imaginado que podían conquistarlo mandando frailes a lomo de mula y más de uno había vuelto aterrado, con las bragas sucias. Rustichello se estremece. Años atrás los señores de aquellas tierras habían abonado con la bosta de sus caballos la orilla del Adriático, y si ahora mismo los cristianos no los tenían dentro de sus casas, durmiendo con sus mujeres, era por una casualidad. De ese mundo Rustichello no tiene más que noticias escasas que le fueron llegando, algunas en Pisa, de muchacho, otras en Palermo y en Nápoles, y ya en sus años como preso en Génova, de boca de mercaderes, marinos, cruzados y aventureros de paso por la ciudad que contaban lo que otros a su vez les habían contado.

—Mosca.

El hocico de Carabó se abre en una sonrisa negra. Es una fauce, enorme. Las hordas desaparecen, la fauce se traga los escuadrones errantes, completos, los caballos, los jinetes y el polvo que levantan. No más tártaros. En su lugar se le aparece al pisano otra imagen casi tan espantable, que ahora viene a coronar la noche. Es Carabó, con esa misma sonrisa negra, la misma fauce que bien podría ser el pórtico del Infierno, otra noche ya lejana, entre tragos de *vernaccia* y monedas, y moscas que se posan o no sobre las monedas, y más vino, que se inclina sobre la mesa, acerca la cara a la suya y le suelta, junto con la vaharada, el nombre de la dama. Rustichello quedó pasmado al escuchar el de la señora absoluta de la Porta Soprana, mucho más que reina, la Papisa de las putas de Génova. Nunca un axioma, misterio, almagesto o carta celestial, ni un párrafo sobre cetrería, ni un cálculo sobre el comportamiento de las mareas, por crípticos que fueran, ni siquiera los dominicos, con su pensamiento denso e intrincado, habían sumido al pisano en tamaña perplejidad. Nunca algo había escapado a tal punto a su comprensión, lo había dejado tan inerme como la idea de semejante individuo sonriéndole a una bella —porque habría de ser bella—, y ella devolviéndole la sonrisa, por no hablar de otros intercambios que se le aparecían como aun más espeluznantes. Con el tiempo había llegado a reconocer cada sonido de los que hacía y no hacía

Carabó en la secuencia de su pecado: la puerta de
la madriguera al abrirse, el tintineo de las llaves, los
pasos por el corredor que se perdían escalera abajo
rumbo al depósito, el silencio de las horas transcu-
rridas en la Porta Soprana, el chirrido oxidado de
la puerta al regresar, los ronquidos de cerdo satisfecho hasta entrada la mañana. Había fantaseado incluso con que una noche, a escondidas, lo llevara a
la fuente de su ventura, a su Jardín del Paraíso, y
con obligarlo a compartir con él un pedazo de su
pastel, pero era tarde para eso: el escriba ya no tenía dientes.

—Mosca.

La suerte favorece al escriba esta vez. Magro
consuelo.

Un centinela traspone el umbral echando
pestes. Está empapado. La tormenta arrastró el ancla de un barco de carga, informa, y el barco fue a
dar con sus tablas contra las piedras del Molo, hay
toneles flotando, al amanecer se verá. El centinela
echa un trago, se ovilla y se duerme en la paja como un animal de pesebre. El sueño lo devuelve im-
piadosamente al lugar de donde vino, a su puesto
de vigilancia, a la intemperie del puerto bajo la tormenta, y a la lluvia que sigue, siempre en sueños,
calándole los huesos.

El viento que afina los barrotes también hace vacilar la llama de las velas y apaga una. Rustichello cabecea. Ha quedado atrapado entre la espléndida Papisa, la fauce cavernosa del carcelero y
la lujuria con que persigue el vuelo de las moscas,
que se le rinden amorosas. Echa de menos la inco-

modidad del jergón. Se pregunta si en algún otro lugar de la Tierra habrá un poder capaz de domeñar el comportamiento insensato del *libeccio*. El rolido del Palazzo no cede. El escriba espera poder dejar el cubil del carcelero antes del amanecer.

La hurí del Paraíso

Al décimo día Rustichello de Pisa concibió un plan. No ya un friso ni un arcón de imágenes confusas sino un auténtico plan, fruto de la consumación de su encuentro amoroso con cierta idea. Y en cuanto le dio ese nombre —«plan» era la palabra que usaba Charles d'Anjou cuando preparaba sus campañas—, imaginó que algo heroico y cálido le enderezaba la espalda. No era poco imaginar, ya que después de tantos años atado a la mesa de trabajo, la espina dorsal del pisano había ido adoptando la dulce y matizada curva de una ballesta que luego el desnivel de la cátedra torcería hacia un costado hasta darle ese andar acangrejado que lo había vuelto una silueta inconfundible en el Palazzo del Mare. Un plan, piensa el pisano, con el que se saldarían todas las deudas y se pagarían con usura los catorce años de trámites y flagrantes injusticias, y gracias al cual los reyes le concederían por fin ojos y orejas, y los cortesanos, sus cortesías.

El acontecimiento había tenido visos de milagro. O al menos así lo juzgó el pisano, influido tal vez por el escenario: un domingo muy claro, diáfano, el primero de bonanza franca después de la tormenta. El aire que entraba por la nariz traía envuelto el olor de los pinos y los naranjos que un viento nuevo, no el *libeccio* sino otro, un viento mejor, más fresco, que no venía del mar sino de las colinas, había hecho descender hasta la ribera. El sábado había sido para lavar, secar y ventilar lo que la lluvia y las olas habían ensopado. El domingo sería para celebrar. Las campanadas que bajaban rodando por las laderas desde Santo Stefano, San Bartolomeo, Santa Catarina y San Francesco, y las que provenientes de Santo Tomaso o San Marco les respondían como un eco por el lado del mar, terminaban derramándose sobre las más céntricas, que brotaban al mismo tiempo de las decenas de campaniles alzados como lanzas en medio de los *caruggi:* San Ambrogio, San Siro, San Luca, San Matteo, Santa Maria delle Vigne, Santa Maria del Castello y, sobre todo, San Lorenzo, cuyo tañido, el más vigoroso, parecía devorar al resto.

De los barcos extraviados en la tormenta, todos, o casi todos, habían regresado. Faltaban aún dos barcas de pesca, pero dado que no acostumbraban aventurarse mucho más allá de la costa quedaban esperanzas de que hubieran encontrado reparo en Rapallo, o más lejos, en el golfo de La Spezia. Las mujeres de los tripulantes se habían turnado los últimos tres días para sostener los rezos, hincadas sobre la piedra a la entrada del Molo. El resto de las embarcaciones, aun las que habían sido sorprendidas hacia el lado de Savona, donde el viento había pegado más fuerte, estaban a cobijo del puerto, seguras en sus amarras y fondeos. La celebración, pues, era justa, cuadraba: los santos se había comportado. Una vez más sus re-

liquias serían traídas a la Ripa, esta vez no para pedir nuevas mercedes sino para dar las gracias por
las ya concedidas.

Luego de la misa, en lugar de formar corri-
llos en los pórticos, en los hornos, baños y fuentes,
los genoveses se habían ido apiñando para acompañar las procesiones, que en este día eran dos: la
de San Ugo, el santo comunal, el de los milagros
diarios, que nunca los desatiende, y la de Juan el
Bautista, santo de santos, profeta y primo del Me-
sías. Favoritos ambos, ambos dadivosos, merece-
dores por igual de salir a la calle no sólo en sus días
fijos, que los tenían, como cualquier santo, sino
toda vez que se hubiesen mostrado dispuestos a
colaborar con la ciudad devota conjurando pestes,
hambrunas, aludes o naufragios. Las reliquias de
Ugo ocupaban un arca de buen tamaño envuelta
en terciopelo rojo y montada sobre una parihue-
la. Por temor a dejarla caer los portadores habían
sujetado sus brazos a las varas con cintas de damas-
co. Las del Bautista iban en un tabernáculo pequeño de plata bruñida, con gemas incrustadas, cuyas
tallas en forma de retablo narraban sucintamente
el suplicio del mártir desde la delación inevitable
hasta el momento culminante en que el Tetrarca de
Galilea, por complacer a la bailarina, manda que
le corten la cabeza. Lo precedían el clero, encabe-
zado por el Arzobispo, y las autoridades, *capitani*,
anziani y funcionarios del Comune, que se sentían desde siempre los custodios naturales de la
catedral y sus tesoros. El Arzobispo, cuyo pesado
manto y pesada mitra y pesado cayado lo obliga-

ban a un andar solemne, detenía cada tanto la procesión para sentarse a descansar en el escabel que transportaba un monaguillo de mejillas tersas. Suya había sido la decisión de molestar al Bautista para darle más pompa al festejo, a pesar de que en el entender de algunos —era lo que se comentaba en voz baja— las reliquias de Ugo bastaban y sobraban tratándose de una *libecciata*. Se adjudicaba el gesto a su falta de experiencia, ya que había sido investido hacía poco, y a su natural premura por ganar prestigio.

Como los cortejos marchaban a ritmo parejo pero en diferentes sentidos —uno desde la Commenda di San Giovanni di Prè en dirección a la iglesia de San Marco, el otro desde San Lorenzo a la Ripa, y por la Ripa en dirección de la Porta di Sant'Agnese—, cada tanto se cruzaban en sus idas y vueltas, por lo general en las inmediaciones de algún embarcadero. Pero no se confundían: cada uno tenía sus devotos, los genoveses eran tan fieles a sus santos como a sus *alberghi*. Los portadores eran en su mayoría monjes, aunque había también algún que otro laico pobre. Detrás venían las mujeres de los marinos, que componían un grupo compacto. Junto a ellas, otras, muy pocas, vestidas a la bizantina y con el rostro cubierto; el que escudriñara debajo de los mantos habría podido reconocerlas de otros lances menos santos y más nocturnos. Cerraba la marcha el flagelante, viejo ya, único resto del grupo que había invadido la ciudad casi cuarenta años atrás procedente de Peruggia, quien a pesar de su perseverancia no había logrado conquistar un solo imitador entre los genoveses. En su condición de pieza solitaria, se sentía obligado a mudar constantemente de un cortejo al otro sin descuidar en ningún momento el ritmo de los azotes.

La fiesta era para todos, también para los presos. Por empezar, el desayuno no había consistido sólo en habas y agua de borraja sino que había habido además un trozo de pan de castaña y sobre cada trozo de pan, como detalle extraordinario, una sardina. Por otra parte, el olor de las flores y la albahaca, y el del mosto que empezaba a fermentar en los lagares, y el tañido de las campanas y los cánticos, que llenaban el aire, se colaban en la celda trayendo con ellos parte del festejo.

La escena, soleada y fresca, limpia, y el derroche de santidad en las inmediaciones del Palazzo habían sido una especie de anunciación, piensa el pisano.

Al mediodía los portadores de San Ugo comenzaron a mostrar fatiga. Trastabillaban a menudo, equivocaban la letra de los cantos y alguna, incluso, resbalaba hacia lo profano. Por fin callaron. Siguió un silencio y luego comenzó a oírse el más melancólico *Mana terram compluit, in ardenti frutice, petit hec stipendia, ut de beneficiis,* lejano aún y muy amortiguado por las altas paredes de los palacios de la Ripa. Los fieles del Bautista habían completado el giro y ahora volvían desde la Compagna di Borgo otra vez hacia San Lorenzo. Tribulí se echó a llorar. Sollozaba con frecuencia al oír música, una canción de feria, la cítara de un tullido o la matraca de un leproso. El veneciano preguntó:

—¿Qué portan?

Rustichello respondió que lo que portaban era un cofre con huesos, los de San Juan el Bautista para ser preciso, que de tan viejos se habían vuelto relativamente livianos y resultaban más prácticos de llevar que los de San Ugo, que también eran santos pero pesaban mucho más porque San Ugo era un santo nuevo y sus huesos no habían acabado de limpiar del todo, lo que explicaba que los portadores se cansaran pronto.

Fue entonces cuando el veneciano comentó al pasar que efectivamente los huesos se conservaban muy bien por largo tiempo, igual que los dientes y el pelo, y dijo haber tenido ocasión de ver los dientes de Adán —dos dientes y una muela, en realidad—, más un mechón de cabellos, con sus propios ojos. Dijo que, aunque en un principio esos dientes y ese pelo habían estado en el sepulcro original ubicado en la cima de una montaña de Ceilán, tan empinada, *signor,* que para trepar por ella había que ir agarrándose de una soga, últimamente estaban en Catay y habían pasado a formar parte de la colección de Kublai Khan, el Señor del Mundo, como tantos otros tesoros. Enseguida agregó que había quienes decían que los restos no eran de Adán sino del ídolo Gautama, pero él no se sentía en condiciones de resolver el enigma. Sí podía decir que el tamaño de los dientes, sobre todo el de la muela, era muy considerable, lo que lo llevaba a pensar que su antiguo propietario, Adán o Gautama, había sido un hombre más bien grandioso, y que era evidente que a partir de entonces, en dimensiones, los humanos habían decaído.

Rustichello escuchaba con atención. Conocía infinitas historias de restos y reliquias, había trozos yendo y viniendo por todas partes, huesos, corazones, ojos, dedos, uñas, sudores. Los devotos arrancaban jirones de la ropa del santo y se disputaban sus pertenencias aun antes de que el pobre muriese del todo, y apenas muerto, todavía tibio, se lanzaban a la rapiña de sus partes sacras. El propio Bautista había sido un botín de guerra: los genoveses se lo habían arrebatado a unos monjes de Myra luego de que los bareses les birlaran en sus narices los restos de San Nicolás, que eran los que de verdad querían. Conocía incluso la historia de un brazo, también del Bautista, especialmente pródigo en restos, que al cabo de diversas transacciones en las que habían participado, se decía, no menos de tres personas —un hospitalario inconstante, una meretriz astuta y un mercader codicioso— había terminado embutido en la columna principal de una casona de Göttingen, donde seguramente todavía estaba. Había cantidad de historias como ésas. El Arzobispo anterior, Iacopo de Varagine, era loco por ellas y las había reunido en un libro de gran éxito del que se llevaban hechas no menos de doscientas copias. Pero los dientes del padre Adán que había visto el veneciano eran muy otra cosa. El escriba sintió inquietud, una forma casi deliciosa de sobresalto.

—Messer Polo, ¿dos dientes y una muela, dice?

En ese punto, que se podría decir que fue el punto en que el pisano vislumbró por primera vez su idea —iba desnuda y velada, como esas huríes de las que hablaban los sarracenos de Sicilia en sus horas de nostalgia—, hubo dos incidentes sucesivos que estuvieron a punto de malograr la historia. El primero, un nuevo y agudo sollozo de Tribulí que atrajo la atención del veneciano, y el segundo, casi sin intervalo, un estruendo que engulló el sollozo y que, según pudo establecer el pisano, no provenía de las calles, cada vez más vacías, sino de las celdas vecinas. Los cinco venecianos que habían llegado al Palazzo junto con este que Rustichello ya consideraba propio, y que habían sido alojados sucesivamente en la antigua sala de audiencias del primer piso, en un cuarto grande de la planta baja junto a la escalera, y por fin en el último piso, con los infractores —por esos días eran un luqués y un flamenco, contrabandistas de cinamomo—, habían iniciado un nuevo motín. Uno de ellos, el más linajudo, aludía a los gritos a cierto envío que habría debido llegarle por la mañana desde el Rialto a bordo de una galera probablemente demorada por la tormenta. Los otros cuatro golpeaban las escudillas contra las puertas. Cuando las escudillas se partieron siguieron golpeando con los trozos de madera, que luego arrojaron al corredor. El que clamaba por el envío mudó de clamor y comenzó a exigir una tina donde bañar el cuerpo y también vestidos de su talla y acordes con su rango, equivalentes, subrayaba, al ropón de terciopelo, ya irreconocible, que llevaba puesto desde el día de la batalla.

Estos dos incidentes perturbaron la atmósfera de la celda y distrajeron a todos, incluido al propio Rustichello. Pero por fortuna su idea no lo había abandonado. Volvió a vislumbrarla en un rincón, junto a la puerta. Era seductora, aunque esquiva, con una pertinaz tendencia a desvanecerse en el aire. El pisano, hombre viejo, sintió que se encendía. Animado por la excitante visión, quiso regresar al punto en el que la conversación había quedado suspendida.

—¿Dos dientes y una muela, dice, messer Polo?

El veneciano no lo escuchó. Seguía atento a las palabras que de tanto en tanto, cada vez más raleadas, venían del corredor. También él había aguardado infructuosamente la llegada de cartas esa mañana. Cuando volvió a hablar fue para preguntar a sus compañeros de celda si habían oído hablar de Leontocastro, la plaza fuerte de los genoveses en Trebisonda, y de las *hetairas* que ofrecían allí los griegos a los forasteros. Lo que siguió fue algo así como la descripción de un paraje, pero como la voz del veneciano sonaba muy tenue y, de a ratos, cuando giraba la cabeza hacia Tribulí, se le perdía, Rustichello no lograba entender de qué paraje estaba hablando, si estaba en Trebisonda, en Constantinopla o en Venecia. La referencia, una vez más, a una princesa tártara que al parecer messer Polo había perdido, o entregado, o cedido, o permutado cerca de aquellos lugares, hizo crecer la curiosidad del pisano.

Tribulí se había echado de espaldas al suelo, unido los pies por las plantas y comenzado a rolar suavemente. El veneciano, ya en silencio, lo miraba.

El escriba entonces —el ardor de la idea le acicateaba el oficio y lo dotaba de una astucia nueva—, viendo que el viento había dejado de soplar en dirección a los dientes y ahora soplaba hacia el Mar Negro, se ajustó al rumbo del veneciano, y preguntó como al pasar por la vida en Trebisonda.

El veneciano respondió con un torrente de reflexiones acerca de cómo suelen aparecerse en plena noche los bandidos, de cuán engañosos y llenos de mañas peligrosísimas son algunos griegos y de qué solapado es el modo como se insinúan en los campamentos y los alojamientos de los viajeros convenciéndolos con ofertas seductoras primero y arrebatándoles sus bienes después, no sólo sus monedas, sus joyas y sus pieles, algunas de cibelina finísima, sino también sus documentos, documentos de gran valor dirigidos por un gran señor a otros grandes señores, que sumados a la recua de treinta mulas, a los seis caballos árabes, uno de ellos con una estrella blanca en la frente, a los arcones con incienso, mirra y pimienta, los pellejos de perfume, el homúnculo embalsamado, las piezas de oro y seda con gemas engarzadas y las túnicas de lana de apariencia modesta que llevaban cosidas cada una no menos de veinte esmeraldas, zafiros, rubíes y carbunclos del tamaño de una nuez, otros tantos diamantes de iguales dimensiones y muchos más de los pequeños, hacen una fortuna de cuatro mil besantes de oro, messer Rustichello, bien contados. Hablaba a gran velocidad y en tiempo presente, de modo que lo narrado no tomaba la forma de cuento sino que se desplegaba ante el interlocutor como una alfombra abigarrada de escenas simultáneas y sostenidas a la que uno podía montarse en cualquier momento.

Acostumbrado al lenguaje de la corte, que dice sin decir y las más de las veces apenas insinúa, Rustichello se sintió en condiciones de despejar ese entramado general, vívido y lleno de detalles pero algo enmarañado, y pudo recoger con delicadeza entre los dedos un único episodio fatal y lamentable: en Trebisonda, en el camino de regreso del gran viaje, el veneciano, su padre y su tío habían sido asaltados y despojados. Y las cosas de que habían sido despojados eran muy valiosas y de procedencia lejana. Rustichello preguntó si no era cierto entonces lo que decían de aquella ruta: que era tan segura que una virgen desnuda montada en un asno cargado de oro podía recorrerla sin peligro. El veneciano, agotada su vehemencia, respondió escuetamente que no, que bandidos había por todas partes y muy astutos, y que una virgen así mejor no se atreviera.

La idea vuelve, le baila al pisano delante de los ojos, lo roza con los velos. Este veneciano que la suerte le arrojó en la celda no sólo había llegado hasta el borde del mundo, por donde se asomaba el sol, sino que había recogido allí, junto con las gemas, muchos hechos extraordinarios y noticias de gran valor que él, Rustichello de Pisa, de pronto se sentía llamado a contar. Relatos enredados que él bien podría tejer según oficio, dándoles un comienzo, un final, y bellas palabras apropiadas.

Prestaría atención. Pediría precisiones. Registraría en su propia memoria todo lo que pudiera ir sacando de la memoria del otro. Aprendería a tocar y sopesar aquello que nunca había tocado ni sopesado. Dibujaría los paisajes que nunca había visto ni vería, más extraños y tenebrosos que el bosque de Oberón, más sombríos que los acantilados de Bretaña. Tomaría nota de cada una de las rarezas, de cada extraña costumbre. Entonces, si Marco Polo, el viajero, contaba, y si él, Rustichello, el escriba, sostenía el esfuerzo, y reunía papel y tinta y luz y ganas, acabarían por tener un libro. No una copia de otro esta vez, sino un libro nuevo, capaz de deslumbrar a los reyes y a sus cortesanos y a sus caballeros, y a las mujeres de los reyes, los cortesanos y los caballeros. Un libro con tales y tan admirables noticias, tan nutritivas reflexiones y tan gratos entretenimientos que todos caerían rendidos a los pies del escritor y se pelearían por tenerlo en su corte y muy probablemente le obsequiarían no sólo un caballo enjaezado y una princesa de nombre Violante, sino también un castillo en Provenza, como los que había recibido el desdichado Sordello.

El ignoto había dejado de rolar. El veneciano dormitaba. La linda hurí del Paraíso estaba tendida a su lado.

Sonaron vísperas y se levantó la brisa. La luz roja del atardecer dibujó una falsa ventana en las piedras del piso, que luego fue trepando por la pared. Para cuando llegó al techo ya apretaba el frío. El escriba se desprendió no sin pesar de su idea, se levantó a buscar una manta y se la echó sobre los hombros; después se deslizó hacia su cátedra.

Acomodó la nalga en la ladera, el codo en el apoyabrazos, la frente en la mano, y algo desasosegado porque debía mover el pensamiento por un terreno poco conocido, bastante menos tranquilizador que el de las esferas, los frisos y los *panini* cósmicos, donde todo a la larga tenía un marco, un sitio y un sentido, hizo pie como mejor pudo en la astrología práctica, materia en la que por desgracia, una vez más, su saber era escaso. Le estaba faltando un horóscopo. Nadie, llámese Rustichello de Pisa o Alejandro de Macedonia, podía lanzarse a una empresa sin consultar a los astros. Era de lamentar que entre las tareas que le habían adjudicado en sus años sicilianos no le hubiese cabido en suerte la de copiar algún *Tractatus Planetarum* de los que Charles había heredado de Manfredo, libros útiles en los que se enseñaba a decidir y actuar de acuerdo con las conjunciones y oposiciones de los astros, eligiendo no sólo el mejor momento del año sino el mejor día y hasta la mejor hora, si *prima, tertia, sexta* o *nona,* para iniciar las obras. De ese saber tan necesario Rustichello no poseía más que unos trozos desprendidos de los manuscritos que había tenido que limpiar de moho y entalcar. Le alcanzaban, no obstante, para llegar a la conclusión de que la fecha era propicia. Los equinoccios eran más favorables que los solsticios, y la casa astral —recordaba casi al detalle el zodíaco miniado que había en la biblioteca— parecía convenirle, puesto que de momento dominaba el Escorpión y a mediados de noviembre, para cuando el plan estuviese en ejecución, comenzaría a dominar el Arquero. No había que saber demasiada astrología para darse cuenta de que un escorpión y un arquero estaban en inmejorables condiciones de pinchar y clavar, que era justamente lo que pretendía con su plan: arrojar su flecha y dar en el blanco. En cambio, no estaba demasiado seguro del efecto que podía tener la Cabra, que venía a continuación, de modo que la pasó por alto.

Agotado el magro jugo de su astrología y ansioso por volver al jergón, hizo un somero balance. Se preguntó si los indicios favorables alcanzarían para contrarrestar el riesgo y los costos de la empresa. No dudó: alcanzarían. Daba por satisfactorias las señales, la del equinoccio y la de los signos puntudos y clavadores pertenecientes al orden de lo científico, que no hacían sino redundar, sumándose armoniosamente a la más primitiva y humilde de la mierda en el zapato, que era donde había comenzado todo. Al azar, pues, y arrojar los dados. Atrapado entre el destino inescrutable y la veleidosa suerte, al hombre sólo le cabía hacer lo que él hacía: consultar los indicios y jugar, hacer su apuesta.

El escriba abandona la cátedra, se frota vigorosamente las nalgas con ambas manos, mueve los dedos de los pies —los del izquierdo asoman francamente por fuera del zapato—, flexiona las rodillas y patea el aire para desentumecerse. Se arrebuja en la manta y se tiende una vez más junto a su idea. Siente por primera vez en catorce años que, pobre, viejo y forastero, está donde debe estar. La corriente tibia y excitante vuelve a recorrerle la espalda. Antes de cerrar los ojos mira hacia la ventana. Una estrella fugaz atraviesa la módica porción de cielo, límpida como un trazo.

Quiero decir la verdad acerca de los pigmeos embalsamados procedentes de la India. Es todo un engaño. Tales homúnculos se fabrican en la isla de Java del siguiente modo: crecen en este reino unos monos pequeños de apariencia humana. Los cazadores los atrapan, les arrancan los pelos dejándoselos sólo en la mandíbula y en el pecho, los ponen a secar y los adoban con alcanfor y especias. Luego los colocan en cajas de madera y los venden así a los mercaderes, que los llevan a todas partes del mundo.

El oficio y las piedras

Los carros han estado circulando desde el amanecer, bajan de las colinas de Carignano y entran a la ciudad por la Porta Soprana para avanzar en línea recta por la calle que desemboca en el puerto a la altura del Ponte del Vino. Allí invariablemente se atascan. Una vez liberados giran hacia el sur en la dirección del Molo Vecchio, donde descargan, junto al embarcadero de San Marco, grandes piedras sin pulir. Luego regresan a la cava por el mismo camino para reabastecerse y reiniciar la rutina.

No hace falta ir lejos para encontrar piedras en Génova: la ciudad, al fin de cuentas, es una tregua entre los escollos del mar y los riscos de la montaña. Hay pizarra en Lavagna, mármol en Capo di Faro —el primer sitio adonde acuden a buscar trabajo los *contadini* pobres que se mudan a la ciudad—, en Carignano, Albaro, y en las canteras de Passano, de donde se extraen los más codiciados, rojos y verdes. Hay también rocas sueltas, de todos los tamaños, que se recogen en los cauces de los ríos al secarse. Por siglos el lugar no había ofrecido a sus ocupantes —romanos, bizantinos, lombardos, carolingios, sarracenos— mucho más que eso, un paisaje de piedras, que al desprenderse obstruían los caminos y entorpecían la labranza, pero que se vol-

vían útiles a la hora de improvisar un ancla, asentar
un fondeo, alimentar las catapultas. Pulidas y tra-
bajadas se habían usado para trazar calles y plazas,
levantar las casas con sus portales, las fuentes de
agua, los molinos, los *campanili,* las sucesivas cintas de muralla, y también el viejo muelle que cerraba la rada, y que para mayor protección ante las marejadas del sudeste —habían hecho falta catorce
anclas y el doble de plegarias para evitar que el olea-
je arrastrara dos grandes naves de Luis IX, huéspedes de la bahía— se había prolongado algunos años
atrás. Los trabajos, confiados al talento hidráulico
de Marino Boccanegra, hermano del *capitano,* y del
cisterciense fray Filippo, habían atenuado sólo en
parte los efectos de las marejadas, el viento seguía
tironeando de las cadenas y a menudo conseguía liberar las anclas, de modo que los barcos acababan
montándose unos sobre otros o estrellando la tablazón contra el aglomerado de cal y rocas. El muelle
mismo, agotado por los embates del mar, a menudo entregaba parte de la mampostería obligando a
los genoveses a juntar y amontonar una vez más piedras y cascotes, oportunidad esta en que volvían a
acordarse de los constructores y de sus artes.

En este sentido ha intervenido la última
tormenta: por causa de ella Rustichello asiste a
una nueva reconstrucción del Molo, y también
por causa de ella está obligado a hacer copia para
archivo del inventario de la carga, toneles principalmente, de la nave que el muelle y la *libecciata,*
en eficaz acción conjunta, habían despanzurrado
noches atrás.

Desde la habitación donde escribe, en el ángulo sudeste del Palazzo, percibe la vibración que los carros comunican al edificio. Cada vez que uno se atasca Rustichello se levanta de la silla y se asoma a la ventana. Siente la necesidad de observar a los hombres en su empeño por hacerlo arrancar, de verlos forcejear, empujar, azotar el lomo de las mulas, resbalar en el pedregullo, levantarse y volver a empujar hasta poner las pesadas ruedas otra vez en movimiento. El pisano está allí desde el primer carro y desde el primer sol de la mañana, que sin duda lo encandiló y le debilitó la vista justo cuando más iba a necesitarla. Es un manojo de nervios. Desde que concibió su plan en el regazo de la hurí, y ya pasaron cuatro días, casi no ha dormido. De aquella exaltada beatitud, aquella consumación feliz que lo había colmado de confianza, poco le queda. Le cuesta estarse quieto, mastica sus uñas como si de ellas extrajera alimento sustancioso, chupa las plumas con avidez, se rasca, hace lo posible por distraerse, o por concentrarse, no sabe cuál de las dos cosas, pero, cualquiera sea, debería intuir que el esfuerzo tiende sólo a demorar algo irremediable, inminente.

Cuando los hombres consiguen desatascar el carro y las ruedas vuelven a girar, Rustichello, inexplicablemente aliviado, regresa a la mesa y al pliego, pero en lugar de abordarlo por la faz del inventario, lo vuelve, dejando al descubierto el lado áspero de la piel.

No es la primera vez que se dispone a usar temerariamente el dorso de los pliegos para ensayar textos clandestinos. Frases amargas, por lo general llenas de sarcasmo, nacidas de su condición de cautivo, o bien improperios contra los genoveses en su conjunto inspirados en el mismo sentimiento que cada tanto lo llevaba a escupir las torres, donde hacía gala de una inventiva poco común de la que sus mismos captores se habrían admirado, de haber llegado tales cosas a su conocimiento. Detrás de un asiento de contabilidad, una nómina de mercadería despachada, un *manifesto,* un registro del flujo diario de naves, o un acta, los funcionarios del Palazzo habrían podido descubrir también, aunque en menor cantidad, piezas poéticas, escarceos líricos en los que Rustichello empleaba, además de sentimiento, rimas —más sentimiento que rimas, para ser justos—, ambos al servicio de los temas al uso: amor profano —ya un tanto debilitado—, amor divino, y lamentaciones por la patria en desgracia. Habrían podido hallar incluso un serventesio, lamentablemente sin terminar —el octavo verso lo había sumido en un abismo de perplejidad—, al que pensaba recurrir en caso de tener que medirse un día en un *tenzone* con algún poeta, y un canto *pien di pietá e di sdegno* en desagravio a Charles d'Anjou mortificado por sus viles enemigos aragoneses, en el que, como ajos en un pernil, había mechado todas las palabras que conocía en lengua provenzal. Pero nada de eso pasaba de ser un mero entrenamiento para ablandar la pluma, el pisano no era hombre de versos, y pronto volvía a los sarcasmos y a los insultos contra sus captores. En cualquier caso aprovechaba para desplegar una grafía más de su gusto, con trazos ascendentes y descendentes y alguna mayúscula ornamentada que en la faena diaria pocas veces tenía ocasión de usar, menos aún cuando le tocaba ejercerla en habitaciones como ésta, que sólo contenía archivos, copias de copias, y los expedientes del *ufficio pro robariis* que todavía quedaban en el Palazzo. En recintos así —acarreando sus enseres de escribir Rustichello los ha conocido todos— la administración genovesa, como una matrona de apetito insaciable, acumulaba duplicados y triplicados de cuanto se asentaba anteriormente en otras oficinas. Cada tanto los hongos o el fuego estropeaban parte del trabajo, ante la resignación de los funcionarios que, sin detenerse a controlar las pérdidas, de inmediato volvían a atiborrar los anaqueles con nuevas parvas de escritos, sueltos o en rollos, otros reunidos en cartularios.

El pisano moja la pluma y traza una raya vertical que divide la hoja en dos. El Palazzo vuelve a vibrar a causa de los carros, y como también vibran la habitación y la mesa, la línea que dibuja la mano es un surco tembleque. De un lado anotará los aliados, del otro los adversarios. Se inspira en el método de cuenta y razón que los genoveses utilizan en sus negocios: a un lado las cantidades de las que deben dar satisfacción, al otro el descargo de lo recibido, lo que entra y lo que sale, el haber y el debe, la ganancia y la pérdida, los útiles y los muebles, lo positivo y lo negativo, la luz y la oscuridad. Ambas columnas deberían quedar, al final, parejas. El listado supone una demora, pero un comienzo ordenado le parece necesario.

Encabeza la lista de los aliados con el veneciano. Horas le había llevado persuadirlo de la conveniencia y valía de un libro semejante, de la gloria que les esperaba a ambos cuando el mundo lo conociera. Había usado argumentos encendidos, llenos de sutileza y juicio. Es verdad que había habido un Pian Carpino, un Guillermo de Rubruck, los frailes exploradores, dijo, pero ninguno se había adentrado tanto en tierras de tártaros ni permanecido en ellas tanto tiempo, por lo que era de imaginar que no habían visto ni oído tan siquiera la mitad de la mitad que Polo y que sus relatos resultarían escuálidos al lado de los del veneciano; además ninguno de los frailes era escritor, algo que ni el Papa ni el rey Luis habían tomado en cuenta al designarlos, en cambió él sí —de pronto Rustichello volvía a ser Rusticien, *escrivain du Roi,* y a montar la voz sobre los cornetes—, de modo que nadie mejor que él para ocuparse de una empresa semejante; más tarde o más temprano los nombres de Carpino y de Rubruck acabarían sepultados en el polvo y comenzarían a brillar los de ellos dos, Rustichello de Pisa y Marco Polo, Marco Polo y Rustichello de Pisa, con justa intensidad. Como argumento de refuerzo —Rustichello los necesitaba todos, las anclas y las plegarias— llegó a sugerir incluso que, dada la circunstancia en que se hallaban ambos, esto es, privados de la libertad, difícilmente tendrían la fortuna de hallar una misión más provechosa en que ocupar los días. Para no desalentar al veneciano, sin embargo, optó por silenciar la certeza, adquirida en el curso de su dilatada experiencia en materia de rescates, de que los días serían más que suficientes para completar la obra. Si bien Polo no había evidenciado un entusiasmo comparable al suyo —parecía más interesado en recabar noticias de Venecia que en sus argumentaciones—, quedó en claro, por fin, que se avendría a contar.

Un poco más abajo y en una caligrafía menor, apretada, anota el nombre de Tribulí y algunos de sus apodos. Siendo su socio de celda no puede estar sino de su lado, aunque no imagina qué papel pueda desempeñar dada su evidente incapacidad para entender y transmitir algo con sentido. Verá luego de crear para él, y tal vez para otros, una categoría especial, intermedia, especie de limbo donde todos ellos, sin intervención de sus voluntades, oscilarían ora a favor, ora en perjuicio de su causa.

Más abajo, vacilando entre la convicción y el desgano, anota el de Carabó. En su doble cualidad de carcelero y contrincante de mosca resulta un aliado dudoso, que sin embargo no se puede dar el lujo de desperdiciar. Carabó por momentos era portador de un alma, mientras que en otros carecía de ella por completo, y esos interludios bestiales hacían que su conducta fuera poco predecible. Pero el pisano no ignora que de aliados dudosos están hechas las guerras. ¿Acaso no habían estado Génova y el capeto Charles al partir de un confite cuando fue cuestión de aplastar a Manfredo, y después, a propósito de ciertos negocios del mar, se habían ido a las uñas? ¿No habían peleado a muerte ingleses y franceses por la prenda de la mítica Bretaña y luego guerreado juntos contra los sarracenos? ¿No iba y venía en sus amistades el griego Manuel Paleólogo, que había trepado al trono de Constantinopla gracias a los genoveses y después se había inclinado por los venecianos y después de vuelta por los genoveses? ¿No habían terminado decapitados los Della Marra y los demás contadores amalfitanos, y no por Pedro de Aragón, sino por la misma corte que los había encumbrado por su talento para inventar tributos novedosos? Y en su ciudad, Pisa, ¿acaso el gibelino Della Gherardesca no se había travestido en güelfo antes de terminar condenado a muerte por hambre? Los aliados eran siempre provisorios. Si algo había aprendido en sus años en el *Regno* —y se lo repetía a sí mismo a menudo— era que el poder era veleidoso como la Papisa de Carabó, inseguro como la posición de las piezas en el tablero de ajedrez e inescrutable como un mosaico bizantino.

Rustichello se sobresalta. La puerta acaba de abrirse para dar paso al juez de robos seguido de un empleado. El escriba apenas tiene tiempo de volver la hoja, y el gesto lo restituye al asunto de los toneles.

El juez andaba tras la cédula de un acto de piratería perpetrado por un comerciante de Rapallo contra un leño veneciano en las inmediaciones de Nicosia. Mientras el empleado desaparecía entre los anaqueles, echó una ojeada al pliego del pisano y se puso a despotricar contra los ladrones, no los de las colonias, que estaban bajo su jurisdicción y, por así decir, controlados, sino los que anidaban entre las paredes del propio Palazzo, de los cuales, al igual que de los alborotadores callejeros, la justicia ordinaria, insistía, debería ocuparse mejor. Como muestra, bastaba el caso al que estaba abocado el escriba, el de los toneles de la tarida que el *libeccio* había espachurrado. No sólo habían resultado fraudulentos *ab initio* y *per se* —según lo declarado contenían nada más que miel de los Balcanes pero en la miel se habían hallado fardos de piel de marta envueltos en cera y, dentro de los fardos, como mercadería aun más preciada, perlas— sino que seguían generando estafa, ya que en los que se habían salvado del naufragio y habían sido decomisados el nivel de la miel menguaba sin que se notara pérdida por agujero alguno.

El magistrado hablaba sin pausas como prosiguiendo una vieja conversación interrumpida. El escriba se limitó a poner los ojos en blanco. Podía apostar todas sus monedas prestadas, incluido el carlino que conservaba como recuerdo de Nápoles, a que, agotada la miel, se escurrirían también los carísimos pellejos, y con ellos las perlas. El juez hizo algunas observaciones más acerca del desorden inevitable de los archivos. Cuando el asistente emergió desde el fondo de un mueble con la cédula en la mano, los dos se fueron.

Rustichello, más tranquilo, regresa al lado clandestino de la hoja. Chupa la punta barbada de la pluma y hace una marca junto al nombre del carcelero. El juez acaba de encender en su cabeza la idea de una maniobra capaz de transmutar a Carabó de un aliado dudoso en un aliado firme. Considera la interrupción un pequeño don de la Providencia y se promete estudiar el asunto. Pasa a la columna de los enemigos. No se le ocurre ninguno. Vuelve a la de los aliados y anota el nombre de Buscarello Ghisulfo. En ese mismo momento, piensa Rustichello y nota la tensión de su mandíbula, el tal Ghisulfo estaría en la corte de París hincándole el diente a un esturión dorado a la hoja, bebiendo vino de Candia y animando un corro de damas ansiosas por escuchar novedades de Persia.

El Ghisulfo era genovés, afincado en las colonias del Mar Negro, había reaparecido en la ciudad unos años atrás, después de diez o más transcurridos, entre otros lugares, en la corte de Argún, khan del Levante, de quien se decía embajador y portador de despachos, y desde entonces había vuelto a menudo. Se dejaba caer por el Palazzo para conversar con el juez de las calegas, o algún otro figurón, y dar cuenta somera de las mercaderías que transportaba, después desaparecía en la curia familiar, la casa del Arzobispo, la de un Doria, o la villa de los Zaccaria en las afueras. Se presentaba como oficial mongol, como arquero, *qordi* —así, en lengua persa— de la guardia real, y se hacía acompañar de una comitiva discreta. Iba y venía entre el mundo cristiano y el Oriente próximo en misiones reservadas, mediando, zurciendo influencias u ocupado en transacciones comerciales de trama indescifrable. Se lo sospechaba vinculado a los grandes negocios que Paleólogo Zaccaria había hecho con el alumbre de Focea, y cuando el juez de las calegas se refería a él alzaba los ojos al tiempo que atornillaba el aire como dibujando su vertiginoso ascenso. Para Rustichello el *qordi* era un cortesano de modales empalagosos que representaba la extrema eficacia diplomática, el hombre ante el cual no había puertas con llave. Le resultaba fácil imaginarlo en la corte de Inglaterra departiendo con los escritores, con Borron, con Blunt, con Luces du Gast, viejos ya, como había hecho él en los días felices de Palermo, cuando al caer la tarde se reunían para intercambiar relatos y contemplar el mar.

Rustichello hurga con el meñique en el laberinto de su oreja, donde acaso algo del rumor de aquel mar, tan distinto del que lo rodea, siga encerrado buscando una salida.

¿Y qué llevaba, por fin, Buscarello Ghisulfo para asegurarse honores con los que él había soñado noche tras noche sentado en su cátedra? Papeles nada más, cartas, una en particular, destinada al rey de Francia, que se decía escrita de puño y letra del poderoso Argún, y chismes, noticias, cuentos tártaros que había recogido vaya uno a saber en qué sitios, ya que parecía no hacerle asco a ninguno por turbio que fuera. Munido de esos papeles como salvoconducto, y de sus fabulaciones, circulaba, ubicuo, seduciendo a los auditorios más altos. El pisano se pregunta si es prudente tener por aliado a un individuo como ése —fija el recuerdo en los forúnculos que le adornan el cogote y que él disimula con una estola— y una vez más admite que sus opciones no son muchas. Recuerda el día en que interceptó al *qordi* frente a la cámara del *capitano del popolo* para pedirle que tuviera a bien entregar en mano al bello Felipe una misiva suya donde exponía sus desdichas a partir del trance de Meloria, detallaba los servicios prestados a su tío abuelo en el *Regno* y enumeraba los que aún era capaz de prestar a quien lo liberara de esa ciudad voraz y grosera. El Ghisulfo, como si lo viera, escudriñó su camisa raída, dejó extraviar la mirada por encima de su oreja, soltó una parrafada en persa, dio media vuelta y desapareció.

El escriba frota con la mano izquierda una de las matas de pelo gris que le crecen a los lados de la cabeza y desprende una liendre. Levanta la vista para contemplarla y luego la quiebra concienzudamente entre dos uñas. Ha perdido cuenta de la cantidad de cartas furtivas confiadas a embajadores ocasionales, menos importantes que el Ghisulfo. Nunca pasaba demasiado tiempo sin que un cómitre, piloto, comendatario, extranjero demorado por el pago de tasas, y hasta un reo que el fisco liberaba, partiera de la ciudad con una carta suya. Ninguna había tenido respuesta. Y si bien, se repetía para sostén y consuelo, eran incontables los accidentes que podían acaecer en el camino entre Génova y cualquier otro sitio, que los mensajeros a menudo equivocaban el rumbo, caían en precipicios, quedaban atrapados en el fuego de las guerras, se ahogaban en ríos, eran devorados por animales, sepultados por aludes, diezmados por pestes o atacados por bandoleros, como el mismo Polo, aun así costaba entender que no le respondieran. No esperaba respuestas inmediatas, sí respuestas, y no las había tenido. Parecía inconcebible que ni el hijo de Charles, ni su sobrino nieto, ese Felipe que en París acogía tan generosamente a Buscarello, esos retoños del magnánimo Luis, no hubieran proveído a su rescate considerando que no se trataba de un desconocido ni de un menesteroso, sino de un artesano que había amasado la materia escrita como nadie en la corte de su antepasado. También a Eduardo de Inglaterra le había escrito, recordándole los pormenores de un encuentro que había tenido lugar en Palermo en el año de la cruzada que acabó con la vida del santo Luis, encuentro fugaz pero glorioso en la biblioteca, cuando el príncipe había tenido la generosidad de confiarle un hermoso manuscrito de los caballeros de la Table Ronde y de elogiarle además la letra. La ocasión, para Rustichello inolvidable —¿cómo olvidar a ese príncipe rubio, rodeado de músicos y menestrales, que encaraba su cruzada a San Juan de Acre con el espíritu no de quien marcha a destripar infieles sino de quien va camino de un torneo?—, no lo había sido tanto, por lo visto, para quien ya no era príncipe sino rey, con treinta años más y muy lejano. Eduardo nunca respondió. La última misiva había viajado en manos del venerable Geoffrey Langele, su embajador, cinco años atrás, cuando el viejo había pasado por Génova de vuelta de Persia llevando un leopardo con el que el khan retribuía los dos gerifaltes islandeses que el rey le había enviado.

El pisano había escrito todas esas cartas con esfuerzo, a veces en condiciones penosas, y habían recibido de los señores menos atención que las heces de sus faisanes. ¿Pero qué pasaría si en lugar de un pedido les hiciera llegar un regalo? ¿Si en lugar de reclamar por su persona pusiera en manos de ellos un presente, uno tan envidiable que ningún emisario, por encumbrado o por necio que fuera, se negara a llevar?

Rustichello vuelve a la columna de los adversarios y sigue sin encontrar ninguno. Debería hallar algo más que un adversario, sin embargo. Un enemigo. Un Vortiger, un Morderec, un Meleagante, capaces de usurpar y traicionar pero caballeros al fin, encarnaciones del mal pero con linaje.

Busca en la memoria y aparece una nueva liendre. La liendre le empuja el recuerdo de Luchetto Gattilusio, también genovés, trovador, que en sus tiempos andaba pegado a Charles d'Anjou como la uña al dedo, envidioso y ruin que solía gastarle bromas a propósito de la fallida torre que estaban construyendo en su ciudad natal y la supuesta incapacidad de los pisanos para hacer algo derecho. Donde se cruzaran —nada raro que también él hubiera vuelto a su patria y a su familia del *caruggio* di Fossatello—, el otro insistiría en echarle a perder cualquier propósito. Cada vez que Rustichello intentaba reflotar su serventesio mocho aparecía Luchetto en su imaginación, poetando, y en su imaginación también, el genovés lo derrotaba. Gattilusio era, sí, un adversario, pero no daba para un Morderec, no tenía más jerarquía que un huevo de piojo propiamente. Rustichello pasa revista a sus odios y no encuentra sino sujetos de especie similar: un eunuco venenoso al servicio de Manfredo que le había robado el único pedazo de cuarzo que alguna vez usó para leer las letras pequeñas, un mercenario catalán de los que contrataba Charles para reforzar sus ejércitos en el sur que no cesaba de buscar pendencia, un fabricante de tinta oriundo de Messina al que había sorprendido aguando la mercadería y el marido celoso de cierta doncella de cámara. Odios viejos, inútiles ya. El más reciente era el de un pisano, cautivo de Meloria como él, que le había disputado la comida en la mazmorra de Santa Fede y que también había desaparecido de su vida, vuelto a Pisa en trueque por un genovés. Y eso era todo, no recordaba ni siquiera sus nombres.

Ataca otro pliego usado, siempre sobre la faz escabrosa. Se le ha ocurrido asentar, en orden de precedencia, los posibles beneficiarios de su libro. El primero, Felipe. Enseguida, Carlos de Nápoles, el Rengo. Si los franceses no responden se lo ofrecerá a Eduardo, y si el inglés no repara en la valía de la pieza golpeará las puertas del papa Bonifacio, que estará encantado de descubrir cuán grande es el número de idólatras que hay en las tierras de Oriente esperando ser convertidos a la verdadera fe. Y si Bonifacio, que es viejo, fuera además sordo, ha de tentar, siempre en orden, a Pietro Gradenigo, el dogo de Venecia, que apreciará más que nadie los relatos de un hijo de la Laguna. Luego, al obispo de Pisa, que reunirá por fin, con ayuda de los dominicos, el dinero para su rescate y lo hará regresar en andas de triunfo a la ciudad, donde sus parientes le abrirán los brazos como al Hijo Pródigo. Luego, al emperador sacrogermánico, que no recuerda si es Adolfo o Alberto. Luego, a Matteo Visconti, el que manda en Milán. Y por fin a Fadrique, el rey de Sicilia. En caso de que el aragonés no manifieste buena disposición hacia él, cuenta con el mismísimo Jaime de Aragón, feliz ahora que Bonifacio le ha regalado Córcega y Cerdeña, al que podrá llegar invocando el nombre de su madre Constanza, hija de Manfredo, o el de su esposa Blanca, hija de Charles, o el de su cuñada Leonor, hija del Rengo, e incluso, a través de la esposa de éste, María, o de su cuñado Ladislao, y conseguir que se le abran los salones de la corte de Hungría. Y hay más, otros que ahora se le escapan. Por ejemplo, no recuerda quién sucedió en León a Alfonso el Baboso, y si llegó a tener o no hijos con sus primas. La dinastía inglesa, advierte, es tan rica y desparramada que desde cualquier parte es posible saltar, no sólo a París, sino a Artois, Provenza, Bretaña, Escocia y Castilla. Lo mismo los Anjou: tirando del hilo de Charles hacia arriba y hacia abajo se llega a Rumania, a Provenza de nuevo, al condado de Brabante, a Navarra y a Saboya. Rustichello está extasiado. Son todos parientes. Bastardos o legítimos, forman una sola gran familia, lazos de sangre regia irrigan un vastísimo valle, se entrecruzan y forman una trama de arroyuelos y torrentes tan espesa, que el pisano, yendo de puente en puente, de boda en usurpación y de coronación en entierro, puede cubrir fácilmente todo el mapa conocido. Anota mentalmente una modificación sustancial en su friso. Al desembarcar en Aigües Mortes además de la pluma lleva un manuscrito bajo el brazo, los cortesanos disputan entre sí por el privilegio de la primera lectura.

El escriba vuelve a observar, con la cabeza torcida, las dos columnas rengas. Se encoge de hombros, algo aparecerá. De momento, lo entusiasma haber reunido en su empresa a tantas y tan magníficas personas, y saber que los gastos que ocasione la escritura de su libro, como antes la de sus rimas y cartas, van a correr por cuenta del erario genovés, que jamás llegará a enterarse. Abandona la mesa y se dirige a la ventana. Ha hecho eso no menos de diez veces desde que se sentó a escribir. En la curva acababa de estallar otra gritería. Otra vez las mulas cinchando, los hombres sudando y desgañitándose, el envión final del arranque, y el girar de las ruedas sufrido y torpe.

El pisano infla los pulmones cascados. De día el Palazzo ya no parece un barco sino que, obediente al estímulo que se le abre por delante, se mimetiza con la ciudad y se sumerge en su trajín, sus nervios, sus ruidos, su gente vociferante. El viento del mar arrastra el olor a restos de pescado que impregna la banquina y lo derrama al otro lado, primero sobre las calles, después sobre los huertos y los pinos costeros, y más arriba sobre los bosques de castaños. Hasta el pan de castañas huele a pescado en Génova. Desde donde está Rustichello no puede ver San Siro ni el faro del Cabo, con su farero pasmado, ni la torre di Luccoli, sí en cambio la cúpula de San Lorenzo, la torre de los Embriaci y la colina di Castello. Deja perder la mirada más arriba, en la copa de las hayas y en las manchas que forman, todavía a esa altura, los viñedos, frutales y olivares. En esos años ha visto crecer a Génova desaforadamente, crece a lo largo de la franja costera, al otro lado de la muralla, en el centro y hacia arriba, sin perder su forma de cuenco. El Palazzo de Serravalle, la conclusión del Acueducto y San Donato son las señales más recientes del progreso, pero hay también nuevos molinos, hospicios, mataderos, hornos, hosterías, puentes y, sobre la rada, la gran Dársena y el Arsenal que los genoveses levantaron delante de sus ojos con el botín de Meloria. Génova lo fatiga. Esa mañana había vuelto a presentarse una de sus pesadillas recurrentes: la ciudad, angosta y en declive, se derramaba como un saco de grano en el mar, que la engullía. Habitualmente le tocaba contemplar la escena, esta vez era parte del vertido.

Rustichello siente que su desasosiego crece. En el Molo, a la altura de la farola, el espectáculo de otros hombres lo perturba todavía más. Están afanados en una tarea feroz: apilar piedra sobre piedra, nivelarlas, unirlas con argamasa, sellar los lugares donde pudieran producirse fisuras, siempre con la espalda doblada y los pies en el agua, en peligro de ser arrastrados, calculando con la mezquina ventaja que daba la marea al retirarse. Le llega, debilitado, el ruido de las mazas y los picos, el volcado de los bloques, el arrastrar de las redes de pesca llenas de cascotes, las órdenes que se gritan desde la balsa. Experimenta una repentina admiración por esa obra formidable y por sus autores, pero no puede dejar de lamentar tanto esfuerzo aplicado a algo permanentemente expuesto a malograrse.

Regresa a la silla. La habitación perdió el brillo que le imprimió la mañana. El tiempo y los aprontes se agotan como cabos de vela. El desasosiego ya es angustia, que cede un poco cuando al pie de la página agrega el detalle de los útiles que va a necesitar y algunas precisiones finales, como la cantidad de horas diarias que podrá ocupar en la tarea y las que en total le harán falta para completarla, las habitaciones del Palazzo más adecuadas para trabajar, la manera en que ordenará los pliegos, la mejor inclinación de la mesa. La letra será de cuerpo alto, ya lo tiene decidido, pero redondeada y con florituras. Escribirá en el francés más depurado que conoce, considerando que su prosa estará permanentemente amenazada por el tenebroso veneciano de Polo. Junto al nombre de Carabó dibuja otra señal recordatoria, es una pluma de cuervo, la más delicada de todas. Anota el procedimiento con que secará los aceites del cálamo, el mejor corte para la punta, la frecuencia con que afilará la cuchilla y los cuidados que tomará para que el flujo de tinta no produzca un borrón fatal. Hace un boceto del dibujo con que adornará la portada, algo modesto: un pequeño retrato de sí mismo escribiendo, como un evangelista redactando su Evangelio. Agrega a la lista de aliados el Escorpión, la Cabra, la Fortuna, los santos —aunque no tengan razones especiales para favorecerlo tampoco han de tener intención de perjudicarlo—, y las cor-

nejas que, por admirable coincidencia, en número de tres, de perfil y rampantes, formaban el escudo de los Polo.

Messer Rustichello, ex escriba de reyes, amanuense de la Aduana genovesa, se persigna. Estira
la mano hacia una pila de pliegos nuevos, vírgenes
de letras, y sin el más leve ruido toma uno y lo co-
loca ante sí con el lado precioso hacia arriba. Es un
pliego sobado con mano experta, de piel elástica,
clara y tersa como la mejilla de la hurí, y él, que está repitiendo el más rutinario de los gestos, nota
que su mano vacila y pesa, apenas lo obedece. Está sudando. No es el sudor agrio que sueltan de común los cuerpos, es uno dulzón, engañoso, muy
distinto del de Carabó, que él mismo había suda-
do en tres ocasiones, las tres a bordo de un barco
con la inseguridad de la cubierta bajo los pies y la
incertidumbre sobre su destino: cuando su maestro lo arrojó al sur siendo un jovencito, cuando se
quedó sin rey y protector y tuvo que volver de apuro a Pisa y cuando, recién llegado, su misma ciudad lo arrojó a Meloria. Después supo que era el
sudor que suelta el miedo, y que ahora lo envuelve de pies a cabeza. El vigor que había sentido al
concebir el plan se ha vuelto la más humillante de
las cobardías. Quiere rascarse y no le pica. Busca
una liendre y no la encuentra. El último carro ya
pasó.

Moja la pluma. Los dedos índice y medio
extendidos a lo largo del eje para dar fluidez al escribir, la espalda erguida, los pies apoyados formando un ángulo. Quiere empezar por el princi-

pio y advierte que no sabe cuál es. Elegirá uno cualquiera y más adelante pondrá todo en el orden debido. Vacila entonces sobre cuál es el mejor, si el asalto de los bandidos en Trebisonda o lo que el veneciano le ha contado de la tierra maldita de Isfahan, que enferma a quien la pisa con el veneno de la discordia. Agoniza de pronto ante la idea súbita de que el libro ya esté escrito, y la espanta como a un mal pájaro. El problema es otro. ¿Con qué ha de encender la curiosidad del lector? ¿Con qué palabras va a sorprenderlo, que sean a la vez persuasivas y poderosas como para atraparlo en la primera línea y retenerlo hasta el final sumergido en un encantamiento del que él mismo no quiera liberarse? Aspira hondo y escribe: «Existen dos Armenias: una grande y otra pequeña».

Una barca inestable

Las tripas del escriba se sacuden. Buscan una vez más desanudarse y el esfuerzo las endurece. Todo se complica. En primer lugar, es muy difícil retener en la cabeza lo que el veneciano cuenta por la noche, mantenerlo disponible, vivo, hasta la mañana siguiente, o la tarde a veces, cuando llega la ocasión de volcarlo en el registro. Son muchas las horas y los detalles se escurren. Se trata de un ejercicio nuevo además. Nunca antes había tenido necesidad de poner en juego tamaño esfuerzo de la memoria en sus días de copista; los escasos segundos que transcurrían entre la lectura del manuscrito y la transcripción en el pergamino nuevo eran despreciables, en el fondo no se trataba sino de un único gesto, un arabesco, un movimiento armonioso que nacía en el ímpetu del ojo, se hundía en la cabeza, atravesaba el gañote, corría por el brazo y desembocaba como un amable torrente en la punta afilada de la pluma. De a ratos ni siquiera era necesario entender del todo lo que se estaba copiando, eran sólo signos, marcas, dibujos. Hasta era mejor así: la letra, desnuda de significado, salía más limpia, más esmerada. En las dos o tres ocasiones en que, avanzando con audacia más allá de su viejo oficio, se había dejado arrebatar por el relato —era imposible no conmoverse con las desdichas del Caballero del Lago o con la flor inmortal de la pasión entre Tristán e Isolda— e intentado en consecuencia ajustes, pequeñas mejoras para una más plena satisfacción del público, es decir, cuando devenía un poco autor, la letra había resultado deficiente, casi un oprobio para un copista. De las aventuras de Meliadus de Leonnoys y de los romances de Godefroi de Bouillon había tenido que hacer una segunda copia antes del miniado, ya que Leonardo da Veroli, delicado coleccionista a quien el rey, su cuñado, deseaba halagar con el obsequio, se habría sentido ultrajado con las desprolijidades de la primera. Errores, pequeñas manchas que había corregido cuidadosamente con la cuchilla pero que habían dejado su huella en la vitela. En la trayectoria de Rustichello los primeros borrones habían llegado junto con los Borron justamente, y los Gasses le Blunt y los Luces du Gast, cuando el universo de las letras, por así decir, se le había abierto como un tentador y peligroso jardín de las delicias. Aquél había sido un gran paso en su vida sin duda, pero éste de ahora era desmesurado, dramático, definitivo. Rustichello no puede parar de pensar en su nueva condición de escritor completo, a la que apenas empieza a acostumbrarse. Navega en una barca inestable a punto de zozobrar a cada instante. La página en blanco, el liso, terso cuero de siempre, lo inhibe, siente que no domina el oficio. Desde que no cuenta con el mandato del ojo ya no es capaz de decir de dónde podrá venir el ímpetu del trazo, el rumbo vacila. Había querido esmerarse como nunca antes y tiene un escrito salpicado de tachaduras. Se había prometido mantener la pluma enhiesta como modo de asegurar la dignidad y la amplitud del trazo, pero la pluma, nerviosa, vuelve a abatirse una y otra vez contra la vitela, apresura y adelgaza los surcos, que de pronto vuelven a ser los del amanuense contable y no los del escritor de corte, y se agita a veces con tal violencia sobre el texto que el pisano teme no ser capaz de comprenderse a sí mismo cuando llegue el momento de leer lo escrito. Titubea, tiene miedo de olvidarse de todo. Las historias son frágiles —ahora lo sabe—, con facilidad se pierden.

El pico más angustioso se produce al despertar porque la noche anterior se ha dormido seguro de que será imposible olvidar lo que Polo le ha relatado, y murmura para sus adentros los nombres: Ghelán, Sarai, Kermán y Cobinán, Sapurgán, Badashán, Kashmir, convencido de que ya los posee, y hasta se permite componer y anticipar alguna frase adentro de la cabeza (para no perder lo que tiene, últimamente evita el friso y se ovilla en el jergón apretándose contra el recuerdo de lo oído). Pero al día siguiente al salir del sueño todo aparece roto. Del último relato, el más reciente, el de la víspera, quedan sólo pequeños trozos, alguna imagen, algún nombre, pero no parecen encajar uno con otro. Rustichello les da vuelta entre los dedos de la memoria sin lograr establecer con certeza dónde y cuándo ha tenido lugar ese poco que recuerda. De repente se siente incapaz de decidir si Nogodar es un mar, una ciudad pródiga en dátiles o un bandolero del desierto. En cambio se le presentan imprevistamente, con gran precisión, historias completas, con cada una de sus palabras, con esa manera de narrar que tiene el veneciano, serena y minuciosa, su cadencia.

Fue lo que le sucedió esa mañana con el Viejo de la Montaña. Se despertó gritando *«assissin! assissin!»*, no sabe si porque había estado soñando con su hurí y eso le había hecho evocar las que poblaban el falso paraíso del Viejo, el dulce engaño con el que levaba sus huestes de degolladores, o porque lo primero que había quebrado el silencio del alba había sido el chillido de un cerdo cayendo bajo la maza, un chillido extemporáneo ya que estaban entrando a diciembre y la matanza de San Martín había concluido hacía rato. Lo cierto es que Rustichello había despertado gritando *«assissin»* y anticipando la cimitarra contra el cogote. Sin embargo se trataba de una historia que el veneciano le había contado hacía siete días, tal vez más, pertenecía al grupo de las historias peregrinas y no a lo que se podía llamar propiamente el hilo del relato. Y ahora, de pronto, a destiempo, la peregrina regresaba a pedir su parte.

Las historias peregrinas habían sido lo más seductor para el pisano. Si se había entregado con tanto entusiasmo a la empresa había sido en buena medida gracias a ellas: el Viejo de la Montaña, los ahuyentadores de tiburones, los dientes de Adán, los encantadores del aire, la piedra de fuego de los Reyes Magos. Pero luego había aparecido la necesidad de darle una forma al libro y las cosas habían cambiado. Hizo falta un pacto, una forma de acuerdo, una *commenda* para acordar capitales, riesgos y beneficios. Había tenido algunas discusiones con el veneciano acerca de qué clase de libro terminaría por ser ese en el que los dos convenían en embarcarse. El pisano consideraba que un libro de maravillas, un collar de historias peregrinas, prodigios, rarezas, costumbres asombrosas, riquezas sin medida, todo eso garantizaría el favor de los lectores de corte. El veneciano en cambio insistía en contar su viaje paso a paso y sin apartarse del itinerario, comenzando por donde había comenzado, en Venecia y luego en Layas, y siguiendo por donde había seguido, haciendo, a medida que avanzaba, un registro cuidadoso y ordenado de la exacta distancia que mediaba entre una comarca y otra, el número de varas de tela que empleaban las mujeres de Badashán para hacerse sus pantalones, el lugar donde se fabricaban los mejores colirios o se conseguían las mejores muselinas, y los cuidados que debía tener el viajero que atravesaba el Himalaya, en especial cómo reconocer las hierbas ponzoñosas que hacían caer los cascos de las mulas y los caballos, ya que eso lo convertiría en un libro de utilidad, un libro práctico, una guía que cualquier viajero podría apreciar.

Regatearon un poco.

El veneciano era amable pero tenaz y el pisano necesitaba de su capital, su historia. Comenzaron por Armenia, con la salvaguarda de que incluirían el tramo de Venecia a Layas, el primero y más conocido, en algún otro momento. El libro, quedó resuelto, tendría la forma del viaje. Pero el viaje, cuyo dibujo ya estaba bordado en la memoria del veneciano, quedaba supeditado a la demora que mediaba entre la noche y la mañana, y sujeto entonces a los bordados de otra memoria, no la del viajero sino la del escriba. Sin proponérselo, y sólo como efecto natural del olvido y el recuerdo, la memoria de Rustichello a menudo modificaba el motivo. Algunos pasajes quedaban sumergidos y otros, en cambio, emergían a un primer plano, claros y visibles como islas. De pronto, un día cualquiera, volvía a brotar una imagen de alguno de aquellos pasajes sumergidos. El relato ya se había apartado de ese punto y estaba tal vez a muchas jornadas de viaje, pero ahí llegaba la historia rezagada, o el pequeño dato, reclamando la atención del escriba. Si recordaba la localización exacta del episodio —cosa improbable porque a esa altura el veneciano ya lo había arrastrado bien adentro del khanato del Levante, en el reino de Persia, y hecho bajar a la caldera de Ormuz y subir luego hasta el Árbol Seco, o tal vez primero había sido el Árbol Seco y la tumba de los Reyes Magos y sólo después Ormuz, y todo eso había llevado muchos días, días y noches sin agua fresca, al punto que el pisano sentía la lengua seca contra el paladar, apuraba el agua de su escudilla, y también la de Tribulí, que, terminada su función, dormía como si estuviese muerto—, si recordaba a qué lugar del viaje pertenecía ese episodio náufrago, buscaba entre las hojas escritas hasta dar con el sitio, y con letra diminuta y diestra anotaba entre líneas una palabra, o, en el margen, una o dos frases que luego, cuando llegase el momento de pasar en limpio —piensa, anhela, confía en que algún día habrá una copia iluminada—, se integrarían armoniosamente al relato.

Pero en el caso del Viejo de la Montaña se trataba de una historia completa, era imposible reducirla a una anotación en el margen, había demasiados ingredientes. Estaba la figura del Viejo Engañador, estaba la cuestión del brebaje con que alucinaba a los jóvenes para trasladarlos al falso paraíso, que los jóvenes, por supuesto, creían verdadero, y todo lo que sucedía al final, después del triste despertar, cuando los alucinados se convertían en asesinos para recuperar el paraíso perdido, sin darse cuenta, una vez más, de que con eso no hacían sino cumplir con los designios del Viejo. Demasiados enredos para un solo margen. Por otra parte Rustichello tampoco recordaba bien cuál había sido la sede de la peripecia, si una ciudad o un castillo, un valle o la orilla de un río. En general evitaba volver a preguntar porque, cuando lo hacía, el veneciano se impacientaba y luego, al retomar el relato, no sólo se preocupaba por ser preciso, que siempre lo era, sino que abundaba y redundaba, pronunciando los nombres de las ciudades y los reyes dos, tres, hasta cuatro veces, y haciéndoselos repetir luego.

Rustichello se pone de pie para dejar salir un pequeño flato agudo, doloroso, que delata la prolongada constipación que lo aqueja. El de la memoria no es su único problema. Urge encontrar un sitio donde guardar lo escrito con algún orden. Por el momento son treinta y siete pliegos, cinco de ellos dorsos de actas usadas que deberá pasar en limpio antes de volverlas a los cartularios. Ha tenido la precaución de numerarlos en el margen superior derecho, de ese modo aleja la fantasía de la Torre de Babel, el desorden bíblico, que sigue en importancia a la más acuciante de la desmemoria. Los agrupa de a cinco o seis, en rollos, disimulados entre documentos originales y copias. Como en el Palazzo los archivos son muchos, y dondequiera que haya una mesa o un estante los papeles se acumulan, levan, germinan, resolvió reducir los escondites a dos habitaciones solamente: la que da al sudoeste, debajo de la guarida de Carabó, que es donde se reúnen sin demasiado orden las actas de comercio de la ciudad, el Oltregiogo y las dos Rivieras, Bonifazio, el Logudoro y las colonias genovesas del Poniente con todas las ferias y puertos de mar desde Chipre a Tánger y desde Brujas a Trípoli —a la que Rustichello llama para sí «la Toscana», por el estado de revolución permanente de las estanterías y la tendencia de los papeles a cambiar bruscamente de sitio—, y la que da al noroeste, ubicada justo debajo de su celda, bendecida cada noche por los orines de Tribulí, que es donde se registran oficialmente los tráficos marítimos con el Mar Negro, y, más disimuladamente, los negocios que se anudan desde Portovenere, a espaldas del Papa, con los sarracenos de Oltremare y el Egipto, conocida como «la Gazaria». Es donde está trabajando ahora. Ante la inminencia del invierno y aprovechando la menor actividad del puerto lo han puesto a copiar contratos de *compere* y constancias de pago de tasas provenientes de los mercadeos del Zaccaria, cuya riqueza, calcula el pisano, ha de ser a esta altura, sumadas evasiones y ganancias, bastante mayor que la del rey de Francia, lo que lleva a pensar que el alumbre y la resina aromática pagan mejor que las guerras santas.

La distribución es semejante en ambas habitaciones: sobre la pared que enfrenta la puerta, que es la que da al sur en el caso de la Toscana y al norte en el de la Gazaria, están alineados los gruesos lomos de los cartularios, y en las otras se amontonan los rollos de las copias ordenados por años, en ocasiones anudados con cintas. Los primeros cinco pliegos de su libro, desde las dos Armenias hasta el milagro de la montaña que mudó de sitio, han quedado incluidos en el estante del *anno domini* J. C. 1243, que el pisano eligió un poco por razones tácticas —estaba en el extremo superior izquierdo, a resguardo en un lugar inaccesible y lleno de polvo— y otro poco por ser muy posiblemente, aunque sin certeza, el año de su propio nacimiento. A partir de allí y de manera ordenada, ha ido progresando de a cinco pliegos y de a tres años, o al menos eso cree, porque todavía no ha tenido ocasión de juntarse con la obra. Está llegando ya al año 1261, en su historia personal el de su partida súbita de Pisa, que debería inscribir como «año de la ira del dominico».

Ha venido extremando el disimulo, opina que ninguna precaución basta. No quiere pensar siquiera en el trance de que lo descubran. Se le cruzan a la altura de la zona lumbar varios estremecimientos, ondas intensas y contrarias. Miedo a que un día lo encuentren así, en infracción y enfrascado en la tarea, tan absorto que no los oiga llegar, robándoles papel, tinta, plumas, tiempo, esfuerzo; alegría de saber que los está engañando, y luego miedo otra vez porque no perdonarán el engaño. El pisano no ignora de lo que son capaces los genoveses cuando se trata de hacer sentir la fuerza de su puño.

El siguiente flato se anuncia con un espasmo, pero cuando sale resulta más largo, más húmedo y más oloroso que el anterior. Buena señal. El pisano comienza a abrigar la esperanza de que la constipación llegue a su fin. Lleva cuenta de los días de seca, son cinco, cinco días sin desahogarse, cinco días de estiba y con la bodega atestada. Un castigo de Dios, piensa el escriba si se pone bíblico, por fornicar reiteradamente *in somno* pero *pleno cum gaudio* con la hurí de sus pensamientos. O tal vez, piensa también —en ocasiones cambia la Biblia por el Theatrum Sanitatis—, un efecto natural adjudicable a una *vernaccia* amostazada y gruesa como melaza que compartió con el carcelero el día en que trataron ciertos asuntos. Al absorber de golpe todos los humores de su cuerpo, lo habría dejado seco como una pasa, clausurado, de modo que el *flatu in ventre incluso* no encontraba salida, aunque la seguía buscando, y, buscándola, chocaba contra las paredes de sus entrañas produciéndole esos espasmos breves pero extraordinarios que habían transformado su vientre en un potro de tormentos. El alivio que trae la expulsión del flato y el recuerdo del carcelero, que viene atado al de la *vernaccia*, le levantan el ánimo. Ha hecho bien en incorporarlo a la columna de los aliados, y mantenerlo allí bien vale un trago de vino negro. Esta vez el estremecimiento es de satisfacción, y de vanidad. Haber conseguido que uno de sus captores, si bien el menos decoroso, colaborase con su plan se había convertido en una secreta victoria que el pisano cada tanto acariciaba viciosamente.

Siguen dos flatos más, amables, sencillos de expulsar con sólo alzar la nalga derecha del escabel. Cuando vuelve a aposentarse —alguien en el *cortile* grita su nombre pero él no atiende: que suban hasta ahí a buscarlo—, suspira, lo invade una repentina sensación de bienestar. Las entrañas, ahora lacias, se tranquilizan. Se sienta en la punta del escabel y toma la pluma, pero no escribe. Quiere prolongar el bienestar rememorando ese su pequeño triunfo sobre sus enemigos. Los pormenores del acontecimiento lo complacen. Había procedido con destreza, en la línea de un primer ministro; un Della Marra, un Rufolo, un Ghisulfo habrían aplaudido su diplomacia. De a poco, prudentemente, había conseguido que la maciza entendedera de Carabó entreabriera su pesado párpado para asimilar la novedad: el hecho de que el pisano, su compañero de mosca, conociera en detalle la rapacería que él llevaba a cabo a veces en las narices de los propios vigilantes, y conociera además el destino amoroso del botín, no era del todo trivial y podía acarrearle consecuencias nefastas en su doble integridad de carcelero rotundo y amante satisfecho.

Que el pisano sabía no era novedad, él mismo le había revelado el destino de algunos bocados exquisitos. Lo sorprendente, lo que le había demandado notables esfuerzos había sido aceptar la certeza de que un prisionero sempiterno, un meloriano, un mísero amanuense, estuviese dispuesto a denunciarlo ante un juez genovés, cualquiera, alguno del Palazzo, o el de robos, que por hábito solía fisgonear el depósito. Aceptada esa certeza, se podía avanzar sobre el capítulo de las exacciones. *Raisons de guerre,* decía Della Marra cuando aplicaba su plan anual de tributos sobre el sufrido pellejo del *Regno.* El pisano aventurero, el flamante escritor clandestino, había logrado lo que el prolijo copista y manso amanuense no habría siquiera soñado dos meses atrás. Y todo como consecuencia de las complicaciones en que lo sumía el libro, que había convertido sus días en un atolladero, pero que al mismo tiempo le proporcionaba dosis frescas de audacia, ánimo guerrero, hasta cierta sutileza. El viejo escriba recuperaba su vis, y a medida que escribía, y tramaba y ocultaba, se sentía más que nunca un artero, un astuto, un *volpino volpone,* como llamaban los florentinos a sus compatriotas, los ingeniosos, finísimos y gibelinos pisanos.

Cuando el oficial ayudante abrió la puerta y le gritó una vez más que debía bajar de inmediato al *cortile,* que el juez de las calegas lo estaba buscando, el escriba terminaba de redondear las tres ideas con que había amanecido y que le habían estado dando vueltas por la mollera: el Viejo de la Montaña, cuya historia había que completar, la necesidad de darle un poco de cohesión a su libro juntando los pliegos diseminados en los estantes, y el propósito de obtener de Carabó, contribuyente involuntario a esa *commenda* ajena, algo más que tinta, una pluma de cuervo, cuchilla nueva y pliegos extra, tiempo libre y disimulo suficiente, hasta ese momento los frutos de la extorsión. Pensaba en un *scriptorium,* un espacio apropiado, tranquilo, donde reunir por fin sus escritos, montarlos uno sobre otro y sobar el montón, si le daba la gana, en lugar de correr a esconderlos en sitios del todo inapropiados donde era probable que acabaran sobándolos los hongos o, peor aún, las ratas. De sólo imaginar que toda una nidada podía estar en ese mismo momento corroyendo los pliegos escondidos Rustichello se desarma.

El oficial ayudante volvió a apremiarlo mientras desgranaba un rosario de posibles causas para la sordera del escriba, algunas bastante curiosas. Esta vez el pisano obedeció. Enrolló velozmente el pergamino que comenzaba con la línea «el Viejo de la Montaña se llamaba en su lengua Aloadín» con huecos suficientes para agregar el nombre del lugar en que transcurría la historia, que no recordaba, y que cuanto antes le preguntaría al veneciano —ya vería cómo disimular lo tardío de la pregunta—, y lo escondió debajo del triplicado del *Registrum Actarum Mercationum Portoveneri,* incompleto. Luego escabulló ambas hojas debaj del cartulario y dejó la Gazaria junto con el oficial. Mientras descendían por la escalera hacia el *cortile* —el oficial saltando los escalones de dos en dos porque era endemoniadamente joven y el pisano con la parsimonia en la que había aprendido a esconder la cojera— se enteró de que no vería al juez de las calegas en realidad, sino, por orden suya, al médico que estaba junto al carromato de los artistas.

No era la primera vez que el pisano abandonaba el Palazzo. Cada año, en la noche de la Navidad, la iglesia de San Pietro in Banchi, la más próxima, acogía a los prisioneros, en su mayoría pisanos, oportunidad en que los alojados en casas de ricos y los notables del Palazzetto se codeaban en la misa con los sobrevivientes de las mazmorras, se miraban unos a otros y acaso se reconocían. En su condición de amanuense había salido también una que otra vez, aunque en horas menos agitadas que las del mediodía, por lo general a los embarcaderos, acompañando a un juez, o, más a menudo, simplemente hasta la *loggia,* para recibir algún encargo de los Doria. Hasta entonces las salidas siempre le habían resultado gratas, hasta excitantes. Esta vez, en cambio, la sola idea de cruzar el umbral y hundirse a fondo en esa otra cara de la bifronte, no la Génova del mar, que mejor conoce, sino la de las alturas, lo sobresalta. Al salir gira la cabeza hacia la diestra, ve el gentío y las mesas donde sabe, y huele, que se vacían las cestas del pescado, y advierte que lo que quiere es volver a entrar. Teme abandonar su libro.

Cuando las campanas de San Pietro comenzaron a sonar sextas, el escriba levantó la vista y vio las torres tal como las torres eran, no como las veía desde las ventanas o como las había visto desde el techo en su memorable escapada sino como se ven desde la calle, amenazantes, inmensas, tragándose la luz. De algunas se vislumbraban trozos solamente, una esquina, un par de almenas, pero todas se mostraban. Todas allí, alzándose inevitables, compitiendo unas con otras por llegar más alto, componían, sumadas, la más rotunda de las amenazas. El escriba vacila. ¿Qué harían los señores de esas torres con su libro si lo descubriesen? Se lo apropiarían. Lo llevarían con ellos en sus barcos, anotarían en los márgenes los precios del incienso y las ganancias, lo convertirían en botín, venderían los dientes de Adán, se embolsarían los rubíes Bala de Badashán, llenarían sus odres con el aceite de Paipurt hasta vaciar las fuentes, siempre en su afán por llegar antes que los demás y más lejos que nadie, para lo que, es justo reconocer, nunca les había faltado tesón, ni ingenio. El pisano considera su deber privarlos de ese saber extraordinario.

La calle era un enjambre de niños que corrían, hortelanos de los monasterios que volvían de vender en los mercados lo que no se había consumido *in famiglia,* estibadores del Ponte dei Legni, vendedores de aceite y pescaderas jóvenes de grandes tetas que cantaban *«lo pesce, lo pesce»* con los brazos en jarra, los pies hundidos en el jugo de las anguilas y el ruedo de la saya recogido por encima de la pantorrilla. Grupos de ballesteros de licencia, que hasta poco antes de que se largara a llover habían estado ensartando genovinos incrustados en un viejo mástil a muchas varas de distancia, ahora, satisfecho el lujo de la puntería, holgazaneaban junto a la fuente o desfilaban ida y vuelta por la calle en sus corazas de cuero, con la manesca a la espalda y la daga en la cintura, algunos con el yelmo puesto, como preparados para la batalla, pero silbando una melodía y tocando al pasar las grupas de las pescaderas, dispuestos a sacar el mejor partido de la ciudad durante el invierno. Muchos estaban ahora congregados en el playón frente al depósito de los de Insula, donde se había estacionado el carromato de los artistas. Tres carromatos en realidad, aunque sólo el primero tenía alguna envergadura. Los otros dos, el segundo unido al primero y el tercero al segundo por una cuerda gruesa, y arrastrados los tres por un par de mulas de las que una al menos parecía a punto de abandonar la empresa de seguir viviendo, eran en rigor dos decorados desvaídos, *Infernum* y *Paradisum,* que también, como las mulas, habían ido perdiendo vida en el trayecto.

La comitiva había entrado a la ciudad por la Porta di Sant'Agnese, y en ese momento las apuestas con respecto a su procedencia se inclinaban por Milán, lo cual suponía, teniendo en cuenta el tiempo reinante en las dos semanas previas, que había atravesado la Val Scrivià y el Paso de Giovi ya con nieve.

La conjetura era buena pero indemostrable, ya que, de los ocupantes del carromato mayor, sólo dos, los más jóvenes, estaban en condiciones de responder preguntas, y ninguno hablaba vernáculo; los otros cuatro —una mujer, dos hombres y un oso— no parecían en condiciones de oírlas siquiera. La mujer estaba postrada con fiebre, envuelta en lo que parecía ser un trozo de escenografía, un palio raído bordado con figuras de pájaros, y deliraba o rezaba en algún idioma incomprensible. Uno de los hombres, que tenía la tez entre verdosa y blanca, parecía estar muerto, y el otro, acurrucado en un rincón, tal vez a punto de estarlo, apretaba la sien contra uno de los travesaños, del que colgaban varias máscaras de expresión burlona, y gemía lastimeramente mientras intentaba retener por la cadena a un oso pardo de regular tamaño con la boca mal cerrada por un bozal. El oso había despertado de su siesta, y después de sacudir la pelambre en la que habían quedado prendidos restos de escarcha que, prodigiosamente, no terminaban de disolverse, había revoleado una pata en el aire y mostrado su claro deseo de descender del carro. El médico —un flebótomo— y un guardia de peaje que estaba ahí para reclamar el pago de cierta tasa retrocedieron de un salto y se toparon con Rustichello y el oficial, que avanzaban hacia ellos.

En los carromatos pequeños de Infierno y Paraíso, que aparentemente habían ido perdiendo elementos por el camino, quedaban en pie dos carteles, o al menos uno y la mitad del otro, donde se leía —Rustichello y el flebótomo leían, porque el guardia, los estibadores, las pescaderas, los vendedores de aceite y los ballesteros no leían en absoluto, nada—: «*Jeu d'Adam*» y «*Robin et Marion*» respectivamente, lo que llevó a suponer que los artistas fuesen oriundos de alguna de las tierras del rey de Francia. Esta circunstancia había obligado al flebótomo a requerir la presencia en el lugar de alguien capaz de entenderse con ellos para poder interrogarlos acerca de sus síntomas, después que los dueños del playón, alarmados por el estado de salud de los recién llegados, requirieran con urgencia la suya. El pedido de traductor había recalado en el Palazzo, una vez más en tanto dependencia pública más cercana, y más precisamente en el juez de las calegas, que había respondido a la demanda enviando a Rustichello de Pisa, cuyo largo servicio entre los Anjou nadie desconocía en el Palazzo. Ahora el pisano exhibía su idoneidad recitando las leyendas de los carromatos con nasalización perfecta.

Lamentablemente los artistas no eran naturales de París ni de la Provenza sino de la Picardía, y eso hizo que la comunicación se volviera algo engorrosa. Sin embargo, antes de que transcurriera mucho tiempo, los únicos dos ocupantes del carro que se podían considerar plenamente vivos, ambos muy jóvenes, aún imberbes, sonrientes y al parecer despreocupados de la lluvia y del frío, ratificaron la conjetura general de que, en efecto, acababan de atravesar el Paso de Giovi. Venían de Milán, donde *il Signore* Matteo Visconti había faltado a la obligación contraída de alojarlos durante el invierno hasta la Navidad, cuando iban a representar uno de sus juegos con gran carnaval de diablos en el *cortile* del castillo que la familia acababa de estrenar en Novara, y donde, estaba previsto, intervendrían graciosamente sus dos hijos menores, Giovanni y Luchino. Ante el incumplimiento, se habían visto forzados a emigrar hacia Génova, ciudad generosa, reina del mar, leona orgullosa, lanza de la Cristiandad —acumularon algunos epítetos más que el pisano no se molestó en traducir—, donde esperaban deleitar a todos con dos espléndidas piezas: el Juego de Robin y Marion, con burlas y cantilenas, y el Juego de Adán, con gran profusión de diablos, para lo que habían traído suficientes máscaras y túnicas rojas y negras con que vestir de diablos a la mitad de los genoveses.

En ese momento el oso se soltó del hombre gimiente que lo sujetaba y saltó a la calle. Hubo gritos y el círculo se abrió formando un halo de desconfianza alrededor de los artistas. El oso recuperó su antiguo andar de oso en cuatro patas y avanzó hacia las pescaderas. Los ballesteros recurrieron a las manescas. Los jóvenes imberbes se interpusieron y rogaron a Rustichello que explicara a todos que no se trataba sino de un oso viejo que les prestaba múltiples servicios, y que sólo esperaba de los generosísimos, espléndidos, nobilísimos anfitriones que tan bellamente los acogían que no le negasen uno o dos pescados de los que habían desechado en el mercado.

Corrieron a alcanzar la cadena, que el oso arrastraba por las piedras, y la ajustaron a un gancho que colgaba del carromato. Sólo entonces soltaron el bozal del morro. Las pescaderas trajeron

anguilas, y al rato estaba el oso sentado en el suelo devorando su ración y pedorreando feliz contra
una rueda. También la mujer pareció recuperarse
un poco, después de que le dieran a beber algo
de caldo, y el que gemía dejó de gemir. El único
que no se recuperó fue el muerto, circunstancia que
los jóvenes actores lamentaron mucho, no porque los uniera a él fuerte amistad, ya que, como
amo de la compañía, a menudo los maltrataba y
les mezquinaba la comida, sino por razones artís-
ticas, dado que desempeñaba un papel fundamen-
tal en el Juego de Adán, donde hacía al mismo
tiempo de Figura y de Satanás, es decir de Dios y
del Diablo, que afortunadamente en la obra nunca aparecían juntos, y además, dada su gracia para
decir groserías, un papel secundario pero importante en el Juego de Robin y Marion, el de Bau-
don, el rey que no miente.

El flebótomo estaba en ese momento inclinado sobre la mujer, que luchaba por impedir que
le diera vuelta el párpado y le examinara la lengua.
Algunos de los curiosos que formaban corro se de-
dicaban a alentar a uno y a otro, alternadamente.
Los más comedidos, en un esfuerzo por entrar en
sintonía con la desgracia, comentaban el cruento
episodio con que había roto el alba: el hijo menor
del porquero Ribaldo, de apenas siete meses, había
sido devorado por un cerdo, ajusticiado a continuación bajo la maza. Los detalles del episodio,
que se evocaban con fruición, sumados a la resistencia de la enferma —cansada de luchar, se había
replegado hacia el interior del carromato y se ha-

bía enroscado con pies y manos en el travesaño de donde colgaban las máscaras—, acabaron por abrumar al médico, que desistió del intento, diagnosticó *arida febris* y recetó una sangría en caso de que persistiera. Un fraile que de camino a San Damiano se había detenido a contemplar la escena se santiguó y comenzó a exorcizar sin demasiado énfasis a la mujer encaramada, mediante la recitación del popularísimo *ego te incanto,* al que los concurrentes hicieron rítmico coro: *de serpe et de sorçon, de tarantola, de cesaro, de saiton, de laxerton, de stras, de buç, de scorfano, de lupo, de cane rabioso.*

El guardia de peaje, molesto con la lluvia persistente y recordando de pronto, tal vez bajo el estímulo del desayuno del oso, que no había almorzado todavía, quiso poner fin al trámite sin más. Se acercó al carromato evitando al muerto y levantó una a una las mantas amontonadas por si ocultaban contrabando. Acto seguido fijó un derecho de peaje *in toto* más bien modesto dada la manifiesta precariedad de los pertrechos artísticos, y se fue.

Se disolvió el gentío. Sólo un pequeño grupo de ballesteros seguía de pie junto al carromato, donde uno de los jóvenes artistas ya se había atado a la cintura el delantal de bolsillos y montado una pequeña mesa para jugar el juego de los cubiletes y las bolas, mientras su compañero recibía las apuestas en el sombrero de paño verde. El hijo de una pescadera se entretenía jugando a acertar una rana en la boca de un perro que ladraba, para volverlo mudo.

Rustichello fue conducido de regreso al Palazzo. Cuando se alejaba del carromato oyó un coro de carcajadas. El oso, ahíto de anguilas, ahora las descomía.

La cuestión del método

Al aproximarse al Palazzo Rustichello sintió sobre sí la mirada incisiva de los tres leones que adornaban la fachada: dos cabezas de mármol gris desnudas y calvas que brotaban de la pared como dos protuberancias incómodas, y un mascarón con el ceño fruncido ubicado en el centro del pórtico sobre la cruz de San Jorge, cercado por un par de lagartos escamosos, o basiliscos, o dragones anudados, que mordían a la fiera en las comisuras de la boca y vistos desde abajo parecían peces muertos. Eran trofeos de guerra arrebatados hacía más de treinta años al palacio que los venecianos tenían en Constantinopla, ahora convertidos en ornamento de éste, uno de cuyos usos, entre otros usos más prácticos, era el de perpetuar la memoria de los triunfos de las armas genovesas. El mascarón ocultaba en parte el epígrafe de la luneta donde se daba cuenta de la fundación del edificio, *qui fit in ripa,* y se ligaban para la eternidad los nombres del *capitano* Guglielmo Boccanegra y de fray Oliverio, inspirador uno, ejecutor el otro de la mole. Las dos cabezas, gárgolas en su origen, habían sido agregadas algo después de la construcción sin mucho esmero, de modo tal que los pescuezos sobresalían del muro hasta un largo obsceno. Arrancadas de su lugar y razón de ser primitivos, inútiles ya en su cometido de escupir agua de lluvia pero todavía con la boca abierta, parecían desconcertadas y a disgusto, lo que redoblaba su efecto maligno sobre los visitantes. Figurones severos, cejudos, de ojos desorbitados, bizcos, tenían casi tanto de humano como de bestia. Las ocasiones en que el pisano había podido mirarlos a plena luz —sobre todo al hierático mascarón central sobre el arquitrabe, con sus cuatro orejas, dos de las cuales eran a su vez cabezas diminutas— sufrió la fantástica impresión de ser observado por ellos, de que esas miradas voraces podían errar en cualquier dirección, seguir sus movimientos y atrapar el menor de sus gestos. De nuevo ahora, al cruzar bajo la ojiva, sintió que los leones, en un último y terrible esfuerzo por prolongar el alcance de la visión y retenerlo, estiraban los cogotes, las frentes, las cuencas de momias, y posaban las pupilas de todos los ojos encima de su nuca hasta traspasarla, y esta vez leer su secreto. El cielo se abrió apenas en una delgada grieta azul. Un rayo de sol repentinamente cayó a plomo sobre las almenas y le permitió al pisano atrapar una imagen fugacísima pero clara: una lagartija, ya no de piedra sino viva, de las que solían corretear por los muros, se escurrió dentro de la boca del mascarón como si fuera su alimento habitual.

En su tránsito por el *cortile* el escriba dejó atrás otros trofeos, otros despojos tristes, más cercanos, más suyos, en los que casi no solía reparar ya, pero que en ese mediodía cobraban renovada fuerza. Uno era la piedra redonda, con forma de bala de seda, que ostentaba la inscripción «*Stopa bocca al genoese...*», arrebatada a los pisanos de la fortaleza de Lerici, en el confín de la Riviera Levante; ahora convertida en el hazmerreír del Palazzo, le hacía compañía al escudo que la ciudad había adoptado después de Meloria, en el que el grifo genovés sometía entre sus garras a la zorra pisana, y a los pedazos rotos de las cadenas que una vez habían cerrado la entrada del puerto de Pisa forzada por el ímpetu de las proas de Benedetto Zaccaria. Las cadenas, igual que los leones de los venecianos, estaban sujetas a la fachada del edificio para que los enemigos de Génova, y sus aliados, no olvidaran. El pisano sacudió la cabeza y prefirió desembarazarse de esas imágenes que indefectiblemente lo remitían a otras, las de su patria violada.

El oficial, urgido también él, quizá, por la hora y el hambre, lo abandonó al otro lado del *cortile* al pie de la escalera entre unos sacos de lana y cántaros de pimienta, simplemente se desentendió, sin preocuparse por devolverlo a la Gazaria, para que continuara su tarea. Rustichello vaciló. En su vida presente las opciones eran tan insignificantes que no le producían más que incomodidad. Optó por volver a los papeles, pero primero aclararía de una vez cuál había sido el escenario de la peripecia del Viejo de la Montaña. El lugar se llamaba Muleete, ahora lo recordaba, y seguía a la comarca donde crecía el Árbol Seco, testigo de la batalla entre Alejandro de Macedonia y el persa Darío, pero ¿cuál era el decorado —valle, palacio, montaña, jardín— que debía pintar como fondo en las escenas de los asesinos? ¿Había camellos? También le preguntaría a Polo dónde quedaba Ormuz exactamente, y fin de sus dudas por ese día.

Cuando ingresó al corredor de las celdas preguntándose si sus socios habrían respetado, al menos, parte de su ración de comida, el corazón le dio un vuelco: oyó la voz de Marco Polo, contando.

Los minutos que transcurrieron entre ese momento y el final del trámite, que consistió en encontrar al carcelero y esperar a que saliera de su modorra, se hiciera del manojo de llaves, lo acompañara a la celda, acertara con la llave adecuada, maniobrara con los dedos torpes en la cerradura y le abriera la puerta, casi trastornan la razón del pisano. Alcanzó a retener dos momentos seccionados del relato: en uno Polo mencionaba una tierra donde se alzaba un viento ardiente, en el otro, a un tal señor de Cormosa, o Formosa, o Curmosa, que le debía algo a un rey de Kermán. Durante ese lapso de muerte, más largo que las penitencias cumplidas bajo el dominico y los años malgastados en las prisiones genovesas, en esa porción de tiempo en que sintió que la cabeza le hervía y le faltaba el aire, Rustichello ni siquiera pudo reunir fuerzas para preguntarle a Carabó quién era el intruso. Pasó revista aceleradamente: podía ser alguno de los venecianos —de los cinco originales, uno, el Gradenigo, había sido liberado rescate mediante, pero se habían sumado otros dos y, considerando que desde el día de su llegada no habían cesado de trasladarlos, no era raro que uno de ellos les hubiera caído ahora de regalo—, el marsellés sorprendido el día anterior con drogas medicinales de despacho dudoso —no recordaba, sin embargo, que estuviera preso el hombre—, un funcionario que acabara de descubrir sus propósitos y estuviera decidido a desbaratarlos, y que, además de descubrir sus propósitos y estar decidido a desbaratarlos, hubiera resuelto, en ese mismo instante, comenzar a escribir él mismo el mismo libro. Rustichello vio poblarse a toda velocidad la columna de enemigos, tan escueta hasta entonces.

Cuando el carcelero lo empujó dentro de la celda encontró a Polo hablándole tranquilamente a Tribulí, es decir a nadie. El relato, puesto en la lengua franca habitual, aunque algo más infestada de veneciano que de costumbre, iba llegando a su fin: los mil seiscientos caballeros y cinco mil infantes del rey de Kermán, mal guiados y sin haber podido alcanzar el lugar previsto, se habían echado a descansar en un bosque, pero habiéndose levantado ese viento caliente al que se había referido antes, se sofocaron, y no quedó ninguno con vida para llevar la noticia a su señor. Los hombres de Cormosa, que acampaban cerca, *nel retroterra,* habían acudido a sepultar los cuerpos para que las miasmas de los cadáveres no pudrieran el aire, y resultó que éstos, sin haber perdido en nada su forma natural al punto de parecer todavía dormidos, estaban tan cocidos y resecos por el grandísimo calor que, al aferrar sus miembros para meterlos en las fosas, brazos y piernas se separaron de los troncos con facilidad, y si alguien hubiera intentado horadar con un dedo aquellas carnes, lo habría visto hundirse como en una masa de polvo o ceniza. Tribulí, que por esos días casi no había hecho más que hibernar —sus sueños insondables progresaban al mismo tiempo que la estación fría—, había abandonado la posición durmiente y estaba sentado en la postura que según Polo adoptaban las figuras de Buda en la provincia de Catay. Se balanceaba y dejaba perder la vista en los poros de la pared que estaba a espaldas del veneciano. Cada tanto se rascaba los tatuajes. Al descubrir a Rustichello accionó el mentón y desnudó el gañote maquinalmente.

El alivio del escriba se transformó en irritación. No creía haber conjurado todas las amenazas que se cernían sobre su empresa, pero tuvo que admitir que ésta era nueva, imprevista: Polo gastando el precioso maná de su relato en oídos inútiles. ¿En qué habían quedado? ¿Cómo podía fiarse? Si bien Polo no pertenecía al linaje de los paladines, que preferían morir antes que faltar a la palabra empeñada, pertenecía sí al de los mercaderes, y como tal, era un hombre que a la hora de cumplir sus contratos debía empeñarse con igual rigor que los caballeros. ¿Cuántas veces habría hecho eso? ¿Dónde más habría estado desperdigando las historias? El veneciano había salido en varias ocasiones no sólo de la celda sino incluso del Palazzo para imponerse de las negociaciones relacionadas con los rescates, ¿no habría terminado alguna de esas salidas en casa de algún genovés ávido de cuentos?, ¿acaso pensaba que a esa altura las historias eran suyas solamente? Asimismo: ¿no habían dejado atrás ya el reino de Kermán?, ¿cuánto más quedaba por contar de allí?, ¿por qué no descargaba los relatos todos de una vez? El pisano caminaba, y al caminar tropezaba con sus piernas. Lo indignaba ver a su socio despilfarrar la saliva y la energía, tan escasas, volcando los frutos de su viaje en alguien que no fuera él, el escriba, el artista, el autor de su libro finalmente, el libro que los haría célebres, que cerraría tras ellos la puerta de ese muladar para abrirles la de las moradas de los reyes, y por si fuera poco el libro que la Cristiandad, sin saberlo, estaba esperando para acabar de enterarse, por fin, de cómo era el mundo. Mucho más deploraba que hubiera desperdiciado una historia interesante derramándola en los oídos de un ser que no tenía origen ni fundamento ni idioma, ni comprendía siquiera la razón de su permanencia allí, un remoto, un viento que alguien había soltado en algún lugar de la Tierra y otro viento había llevado a Génova y a esa celda, uno que cuando no cometía despropósitos dormía, y que cuando no dormía o estaba con los ojos abiertos, que no era lo mismo, resultaba igualmente inalcanzable, y las palabras lo atravesaban como a un castillo sin puertas. ¿Qué habría pasado si en el lugar de los oídos de Tribulí hubiera habido otros interesados? Lo que acababa de hacer el veneciano era desatento y cismático, tan malo como lo que había hecho Onán al derramar su simiente sobre la arena del desierto —¡cuántas veces se lo había repetido su maestro!—, acto condenable por el pecado de desperdicio pues no daba frutos ni a nadie servía.

El escriba de buena gana habría hecho con el veneciano lo que el apóstol Tomás con aquel rey de Maabar: acogotarlo contra la pared con una forca hasta que se arrepintiera de su error o le quedara la lengua colgando afuera para siempre. Se controló sin embargo, y todo lo que hizo fue preguntarle en tono de reproche si había considerado hasta qué punto era inconveniente y perjudicial para el elevado proyecto que los unía que él, messer Polo, se entretuviera derramando el grano fecundo de sus historias en un puñado de sesos yermos. El veneciano dijo que en sus viajes, especialmente los cumplidos por encargo del Gran Khan, cabalgando por territorios muy vastos y sintiendo a veces el deseo de hablar, había tomado la costumbre de hacerlo solo, ya que, si alguien marchaba a su lado, lo común era que él ignorara la lengua de su acompañante tanto como el otro la suya. Además el frío le inspiraba relatos de calor, y viceversa. Pero accedió a volver a relatar para el pisano una vez más la historia completa. La remató diciendo que en Cormosa —que resultó no ser otra que Ormuz— por fortuna el agua era fresca, y a los lugareños, para no morir sofocados, les bastaba con sumergirse en el río hasta las cejas y permanecer así un buen rato, no como en Coilum, anticipó, en cuyo río era posible meter un huevo crudo y en el tiempo que se tarda en dar dos golpes de remo sacarlo cocido.

Rustichello nota que el relato, contado por segunda vez, se debilita. Es verdad que Polo no era un auténtico narrador, ni un juglar, ni un contador de ferias, ni un trovador, ni un novelista como él, ni un casi poeta como él —que poco le faltaría para serlo si no lo perturbara el fantasma de Gattilusio—, que era en realidad desmañado y falto de gracia y que la gracia del libro debía descansar en su ingenio, pero ahora, además, era evidente que el veneciano simplificaba, omitía detalles, vacilaba en las peripecias. Los infantes habían quedado reducidos a la mitad, el aire seguía siendo caliente pero ya no ardía, los muertos no estaban cocidos sino apenas tostados, los miembros que se desprendían de los troncos no eran todos sino apenas dos. La repetición había gastado la historia. Algunas partes estaban tan desmoronadas que habían perdido la forma original, otras se habían despintado como se despintan a la intemperie los decorados de los artistas. La voz del narrador, nunca demasiado viva, nunca impetuosa, se había alisado hasta volverse una sola planicie monótona donde los pastos sucedían a otros pastos. Y si la palabra no vibraba al contar, si no vibraba ni siquiera un poco, si la convicción se debilitaba, si el narrar mantenía la apariencia pero no la consistencia, aunque la cabeza del que contaba estuviese llena de cosas maravillosas como un cofre turco, el interés del que escuchaba, y con él la sorpresa, se escurría.

La revelación lo espanta: los relatos eran como prendas delicadas, incapaces de resistir una segunda postura sin ajarse. Se jura que de ahora en más ha de obtenerlos de primera agua, recogerlos frescos en el momento en que nacen de la vertiente, porque por mucho arte que ponga a la hora de escribir, si la fuente de donde manan está turbia, se arriesga a no sacar algo verdaderamente bueno. Así las cosas, deberá correr a poner la historia de los soldados por escrito cuanto antes, antes de que termine de desdibujarse, ya que, sin la protección de la escritura, terminará por volverse aun más flaca, más débil, más enfermiza, y a la larga se convertirá en polvo y se desmembrará como los hombres de Kermán.

El pisano golpeó la puerta con la escudilla hasta que apareció Carabó. Con el argumento de que lo aguardaban las copias de los contratos de *compere,* y no mentía, se hizo conducir de nuevo a la Gazaria, no sin deslizar un último, contenido reproche a Polo y una amenaza velada para el caso de que reincidiera. Ya sentado a su mesa de trabajo reparó en que había olvidado preguntarle a Polo por el escenario de los asesinos y por la ubicación exacta de Ormuz.

La tarde estaba avanzada, la luz no se prolongó mucho más, pero el episodio de los soldados cocidos quedó escrito. Con algunas maniobras y aderezos, coloreando aquí y allá, se había recuperado bastante, sólo que el escriba ignoraba si iba antes o después de la historia de Aloadín y los asesinos, antes o después de las plañideras a sueldo. Oscureció mientras estaba entregado a la tarea de mejorar su plan. Al dorso de la hoja dividida —la llevaba bajo el jubón—, en las zonas del inventario libres de toneles, injertó valiosos recursos con los que conjurar sus nuevas aprensiones: controlar al veneciano, separarse de él lo menos posible, amordazarlo en caso de necesidad —luego tachó esta última—, asegurarse, Carabó mediante, de que no alojaran a extraños en la celda, ni aunque fueran sordos, mucho menos a un veneciano, que podría despertar en Polo la ocurrencia de reemplazarlo por alguien que hablara su propia lengua. En una palabra: impedir a cualquier costo que el curso del relato se derramara, entubarlo, encauzarlo como había hecho fray Oliverio con el agua del Soziglia, si quería construir su edificio.

Esa noche en la celda nadie narró y nadie se mostró dispuesto a escuchar. Al día siguiente, cuando la luz volvió a encenderse en el faro del Cabo y el relato se puso en marcha, Rustichello se preparó para otra buena historia que deseaba fuera truculenta. Polo le advirtió de entrada que en su opinión el episodio de los soldados cocidos no tenía mayor interés y que tal vez no fuera oportuno incluirlo en el libro. Le aconsejó en cambio tomar nota de algo que consideraba de veras importante, nota precisa y detallada, porque en los detalles estaba precisamente lo provechoso del asunto, y era que en la región de Ormuz el trigo y los otros cereales se sembraban en noviembre, y que en marzo se hacía la recolección, lo mismo que del resto de los vegetales, porque marzo era el mes de la colecta de todos los frutos. Éste sí constituía un dato de muy grande utilidad para el viajero, ya que después de marzo no era posible encontrar ni siquiera un hilo de hierba en toda la tierra salvo dátiles, que duraban no más que hasta mayo, después el aire los secaba. Dicho esto propuso continuar el viaje, aunque para avanzar era necesario retornar antes a Kermán —así se lo advirtió al pisano, a esta altura algo desalentado— de cuyo rey era súbdito otro rey, Acomat, de quien, si mal no recordaba, le había hablado el día anterior. Y para llegar a Kermán se atravesaba una vasta llanura que producía de todo en abundancia, donde una bestia flaca al cabo de diez días podía transformarse en una bestia gorda, había baños de agua tibia, perdices en cantidad a muy buen precio, frutos y dátiles a precios no tan buenos. Las perdices, por caso, se obtenían a tres *saggi* la docena, vivas, y a seis *saggi* muertas y peladas, una auténtica bicoca, mientras un saco de dátiles no muy grande podía costar entre doce y quince *saggi*. El valor de un *saggio*, explicó, era superior en un tercio al del ducado de oro y el florín, aunque no podía dar fe de que la relación siguiera siendo la misma, de modo que comprar un saco de dátiles representaba para el extranjero un desembolso de entre dieciséis y veinte ducados, lo que ellos, venecianos, llamaban *zecchini*. Hablando en *grossi* de plata, no sabría decir, dependía de dónde los acuñaran, igual que los besantes, que según fueran de Trípoli, San Juan de Acre o Antioquía no valían lo mismo. De todos modos los dátiles y las perdices no eran más que mercadeo modesto, otros bienes dejaban mucho más. Para que se diera una idea: setenta mil *saggi* de oro equivalían a un tomán, y el comercio de la sal, el más rentable de todos, más que el de las pieles incluso, le rendía al Gran Khan ochenta tomanes de oro por año, y ésa sí era ganancia gorda. En la comarca de Caragián, donde también se comerciaba la sal, curiosamente se usaban como monedas unas conchillas, y, sabiendo

que un *saggio* de oro fino hacía ocho *saggi* de plata
y un *saggio* de plata, es decir dos *grossi* de Venecia,
representaba ochenta de esas conchillas, era fácil
calcular qué cantidad extraordinaria de conchillas
se necesitaban para llegar a la suma de ochenta tomanes. A continuación Polo preguntó a cuánto se
cotizaba el genovino. Sin esperar respuesta atacó
con los gastos de la guerra entre Kublai Khan y su
primo Nayán, de cuyo desarrollo le hablaría en
otra ocasión.

Rustichello cabeceaba. Para mejor atender,
se había reclinado sobre la cátedra, la mano sosteniendo el mentón. Ni en sueños incluiría eso en
el libro. Igual que en el friso, del que también era autor después de todo, se consideraba libre de decidir qué poner y qué quitar, y hasta donde el
sentido común le indicaba, antes que malgastar
pliegos anotando revoltijos de números prefería
tragarse todas sus plumas. El pisano se despabiló
un poco cuando Marco, que al parecer ya estaba a
muchas jornadas de Kermán y los dátiles, le mencionó otra vez el agua: la de cierta región, que era
como salmuera, de un color verde esmeralda como la hierba de los prados, una sola gota de la cual
bastaba para vaciar el vientre diez veces seguidas
con blandura, e igual efecto hacía uno de los gra-
nos de sal que flotaban en la superficie. Rustichello preguntó si, moviendo influencias, escribiendo
a su padre y tío en Venecia, acaso fuera posible
conseguir un poco de esa agua. Polo respondió
que tal vez sí, pero ignoraba si llegaría hasta los
puertos del Tirreno con las mismas propiedades

porque el agua tendía a corromperse en los barriles, sin contar con que, al tener que acarrearla desde más allá de Persia —porque debía saber que aquella región estaba más allá de Persia—, no podría venderse a menos de veinte ducados de plata el barril, lo que la hacía demasiado cara para purgante, existiendo hierbas como el *cardo benedetto*. Rustichello confió en que sus tripas acabarían por desagotarse con menos gasto.

En los días siguientes, que coincidieron con las celebraciones del Adviento, viajero y escriba alcanzaron por fin cierta armonía, un ritmo acompasado que les permitió avanzar con alguna rapidez. El propósito del pisano de no apartarse del veneciano se vio frustrado en tres oportunidades, siempre por culpa de los artistas. Gente de poco fiar, tramposos en el juego —la guardia comunal los tenía vigilados—, habían sido requeridos no obstante en las parroquias para encarnar pequeñas escenas sacras, y en esas conversaciones los oficios del traductor resultaban indispensables. De regreso al Palazzo, al aproximarse al pórtico, el pisano volvía a sufrir el acoso de los leones de piedra, la impresión renovada de que lo vigilaban, esperaban el momento en que cruzara el dintel para taladrarle la nuca, por el agujero leerle las intenciones, y, si se descuidaba, sorbérselas. Pero una vez en la celda recuperaba el dominio de sí y reiniciaba la tarea confiado en encauzar al narrador para que no se desmadrara.

Polo cabalgaba de una ciudad a otra contando manzanas del paraíso, pistachos y bayas multicolores, también carneros del tamaño de asnos con sus precios traducidos a todas las monedas imaginables. Si se detenía en Campciú, donde los tres Polo habían permanecido un año entero, y amagaba con relatar los fructíferos negocios a los que se habían entregado en esa ciudad, Rustichello apuraba la partida temiendo que el relato durara tanto como la estadía. Más que discutir con el veneciano, o negociar con él, se proponía educarlo, enseñarle a distinguir entre los ingredientes amenos y los insufribles, cuáles serían del agrado de las personas ilustradas y cuáles podrían interesar solamente a los mercaderes y hacer dormir a los demás. Polo era el dueño del camino animado de misterios, pero él, el escriba, era el encargado de iluminarlo. Luz, a él le tocaba encabezar la marcha portando la luz que advirtiera sobre los pantanos y agujeros del terreno señalando en todo momento el mejor sitio donde poner los pies. Sería un esfuerzo de adiestramiento discreto y metódico, algunas cosas escaparían forzosamente a su control, ya lo había comprobado, pero estaba seguro de que acertaría a guiar la caravana con pericia. Ante todo se prohibió dormitar, no fuera que en medio del discurso surgiera algo sustancioso y él se lo perdiera. También la apetitosa nuez se presentaba envuelta en áspera corteza.

Rustichello le explicó al veneciano que si bien él, en lo personal, no desdeñaba ningún dato por insignificante que fuera, que todos los tenía por necesarios, había que considerar que los reyes cristianos nunca andarían en mula por ciertos lugares, de modo que si en Caragián el agua era poca o mucha a ellos les daba lo mismo. Lo que querían saber era en qué sitios había topacios, calcedonia, rubíes, especias olorosas, piedras capaces de curar la lepra, hombres con cuernos, dónde habitaban los bárbaros hostiles y dónde los amistosos, los bautizados y los idólatras, escuchar historias, deleitarse con noticias de milagros y estremecerse con la relación de pecados horrendos. También agradecerían que el libro los sacara de errores comunes revelándoles, por caso, la verdad de la salamandra que, si no había entendido mal, no era un animal, como se creía, sino una sustancia de la tierra, pero si el agua de Caragián fuera purgante o secante al Papa y a los reyes les daba igual. Sutilmente, con rodeos, distrayendo la voz, hasta se permitió sugerir que si algunos de esos ingredientes —se refería a los milagros, los topacios, los cuernos— estaban ausentes de aquellos lugares, no necesariamente tenían que faltar en el libro, y una vez que estuvieran en el libro sería casi lo mismo que si estuvieran en los lugares.

Como parte de la educación de Polo, en la que el pisano estaba dispuesto a poner más paciencia que la que su maestro había puesto en la suya, aparecía la cuestión del método. Debía evitar definitivamente que el veneciano se anticipara y retrocediera, volviera a una cuestión que ya parecía acabada o, a la inversa, le ofreciera un bocado ahora y le prometiera el banquete para más adelante. El minucioso propósito de Polo de registrar una a una en sucesión todas las peripecias del itinerario no se correspondía a menudo con su manera de contar, y eso le hacía perder un tiempo precioso. Si después iba a contárselo, así se lo dijo un día, ¿para qué anticiparlo?, bastante engorro era ya recordar y hacer coincidir los lugares con los hechos para después ensartarlos en el orden correcto. Sólo con que el veneciano fuera un poco más prolijo al relatar, él ahorraría muchas notas entre líneas, en los márgenes y al pie de las páginas, aunque no confiaba poder eliminarlas del todo, como tampoco evitar de vez en cuando tener que pasar a folios limpios páginas ya escritas, aunque cuidando siempre de conservarlas todas, las viejas y las nuevas, por si surgieran dudas o alguna se extraviara.

El pisano incorporó a su plan dos preocupaciones nuevas: ¿sería la memoria del veneciano lo bastante robusta? —ciertas tablillas de cera con anotaciones hechas por Polo durante el viaje, sin duda de gran utilidad, habían quedado lamentablemente en su casa de San Giovanni Crisostomo— y ¿cómo evitar que el esfuerzo de contar lo fatigara? También se permitió asentar en repertorio aparte algunas máximas y preceptos útiles al arte que lo ocupaba, ahora indispensables, vinculados con el ardor de la convicción, la firmeza en el avance, el mandato de la disciplina, la consistencia, el celo y la consonancia, previendo siempre que el lector era un sujeto escurridizo capaz de impacientarse, confundirse, caer en postración. Fue necesario recurrir a un segundo pliego. Al advertir que dos no le cabían bajo el jubón devolvió ambos a la habitación de los archivos y los embutió entre unos portulanos agujereados de polilla antigua. Esos pliegos serían su guía permanente y recordatorio, su talismán, el ancla sacra que lo mantendría aferrado al fondo cuando la tormenta amenazara con enviarlo a los demonios, allí estaba todo: los aliados, los enemigos, las aprensiones y los mandamientos. Al mover los portulanos encontró un manojo de plumas usadas y un cuerno de tinta seca que decidió conservar por si en algún momento le faltaban. Empezó a pensar que las preocupaciones eran muchas, nunca exageradas, y a lamentar un poco menos la escasez de enemigos.

Entre la Gazaria y la Toscana, hurtando el cuerpo a los funcionarios, usurpando horas a su quehacer, en pocos días completó y puso en orden el relato hasta donde comenzaba la provincia de Tangut. Algunas veces se le escabulló una meseta, un árbol, un pez raro, un prodigio pequeño de los que adornaban la bella Samarcanda, omisiones minúsculas, no más que mordiscos de hormiga en el curso del relato, su falta sólo sería conocida por él. No dejó que se perdiera en cambio ningún detalle del pavoroso desierto de Lop, la inmensidad, los precipicios, los sablones desnudos, la ausencia absoluta de pájaros, los espíritus malignos que de noche llamaban a los viajeros por sus nombres como si fueran camaradas, para de ese modo desorientarlos y perderlos para siempre. Se enteró de que faltaba mucho para Fugiú y las gallinas con pelo, aunque puestas al lado de ciertas otras cosas, las gallinas, lo mismo que los dientes de Adán, habían perdido ya algo de su condición extraordinaria. En una oportunidad Polo le habló de unos ladrones de naturaleza diabólica que, para cometer sus fechorías, oscurecían el aire. A la pregunta del pisano de si eran los mismos de Trebisonda —el episodio de los griegos y las hetairas, pensaba, añadiría gran interés al libro— el veneciano respondió sombríamente que no, que nada tenían que ver unos con otros. Estaba claro que el robo había calado hondo en él y que la herida todavía sangraba. Rustichello empezó a pensar que bien podía eliminar de sus preocupaciones un eventual rescate que le arrebatara el socio antes de completada la empresa: los Polo de la corte Sabbionera no habían regresado a Venecia tan ricos como se creía, y menos ricos habrían quedado aún después de que los ducados invertidos en la galera familiar se hubieran hundido en el mar de Curzola.

El día de la resurrección de San Lázaro, a la hora tercia, mientras el pisano cumplía labores en la Toscaza, se oyeron voces que subían de la planta baja, y de inmediato otras, en devolución, desde los pisos superiores. Del embarcadero de San Marco se desprendió una gabarra que comenzó a surcar la bahía en dirección al faro. A juzgar por las voces que rebotaban en el Palazzo y la prisa que llevaba la gabarra algo había ocurrido en el faro, no el pequeño, el de la caseta de pescadores del Molo, sino el grande, el del Cabo, algo que no era visible desde la ciudad pero que había alterado la rutina del paisaje en el extremo del arco del puerto con su colina de San Benigno y su torre de piedra. El pisano pronto dispuso de información fidedigna acerca del sucedido, que resultó ser una nueva alucinación del farero.

A horcajadas sobre el parapeto, del lado del mar, había comenzado a dar voces y a arrancarse los pelos del cuerpo al parecer como manifestación de alborozo, anunciando el regreso de los Vivaldi. El hombre, de Sampierdarena, era uno de los torreros que se turnaban en la custodia del faro y el único que creía poder ver más allá del horizonte, un talento nada desdeñable en un puerto, pero que en su caso nunca había sido comprobado y menos aplicado a algo de utilidad. La cercanía del sol quemante, las ráfagas del viento y la lluvia se tomaron como causa de que, cada tanto, se le descalabrara el seso y su discernimiento fallara, ora girando en el vacío, ora yendo a los tumbos. Por tres veces lo habían encontrado enajenado y mudo allá arriba, atento como alguien que percibe voces no muy precisas y con los ojos fijos en un punto inasible del mar; el resto del tiempo era hombre cuerdo y de fiar, lo mismo su hijo, que lo asistía en la tarea. Por fortuna eso que le daba no había alterado hasta el momento el ministerio del faro, de modo que no se lo había castigado: no se lo podía acusar de haber faltado a su función sino más bien de haberse excedido en ella señalando hasta las cosas que no existían. Esta vez su hijo lo había hallado en estado de máxima agitación, negro de humo, gesticulando en su porfía entre el blanco purísimo de los excrementos de los pájaros, semejante a un estilita que lanzara verdades desde su columna, advirtiendo a los mortales lo que ellos no eran capaces de ver y él sí, por su mayor proximidad con el Señor.

La expedición de Ugolino y Vadino Vivaldi, que había despertado el más grande interés no solamente en Génova, había comenzado siete años atrás, cuando la *Allegranza* y la *Sant' Antonio* habían zarpado con el propósito de llegar a Oriente a través del Mar Océano. Después de que atravesaran Gibilterra y atracaran en Gozora con la intención probable de alcanzar las islas que se alzaban enfrente, no habían llegado de ellos más que noticias confusas, distintas y fatales, que hablaban de ataques de moros, de naufragios causados por tormentas, de encuentros con monstruos que emergían de las ondas, y hasta de que un pozo de mar se los había tragado en el preciso instante en que habían visto surgir en el horizonte la gran Montaña del Purgatorio. Génova no había dejado de llorarlos. Cada mes de mayo, en Santa María de Castello, y también en San Matteo, ya que un Doria, Tedisio, había aportado a la empresa dinero y su experiencia de armador, se alzaban preces por el pronto retorno. Pero hacía mucho tiempo que la esperanza estaba perdida, y el único que parecía empeñado en reabrirla era, insensatamente, el farero.

Los *patres salvatores portus* habían considerado el episodio con preocupación, pero no tanta como para abandonar un asunto relacionado con la limpieza de las aguas públicas, ni sus oficinas en el Palazzetto vecino a San Marco, e ir a observar al loco *in situ*. De ahí que hubieran destacado la gabarra, con un par de asistentes encargados de persuadir al hombre de que volviera a sus cabales. Con ellos iba su hijo, el portador de la noticia, que los incitaba a que se apresuraran, no fuera que su padre de puro contento quisiera, como San Simeón, echarse a volar desde el parapeto. En el Palazzo la novedad no preocupó a nadie, pero distrajo, impuso demoras y le permitió al pisano ganar una media tarde para su libro, justamente cuando los días, en esa época del año, se presentaban tan cortos.

Al cabo de siete jornadas más de cabalgata, a seis plumas gastadas de Succiu y a cuatro frasquillos de tinta de Campciú, el narrador y el escriba superaron la ciudad de Ezina, la del cielo rico en halcones sagrados. Por esas horas, a muchas millas de Ezina, en Génova, se daban los últimos toques a las capillas y los pesebres que remedaban la gruta de Belén, con asnos, bueyes y el heno bendito donde el Hijo de Dios había yacido. En cada iglesia se recordaba el milagro del Nacimiento, y el hecho no menos milagroso de que todas las criaturas corpóreas, incluidas las opacas, diáfanas y luminosas, cada una a su modo, hubieran coincidido en anunciarlo al mundo entero con gran beneficio para todos los hombres por venir. A las plazas llegaron predicadores mendicantes que derramaron las buenas nuevas de siempre: en un lugar, lejos, una estrella había tomado la figura de un niño hermosísimo; en otro, siempre lejos, tres soles se habían convertido en uno. Los augurios prometían paz temporal y eterna, pero a los genoveses por el momento les bastaba con la segunda.

En esos días el mar y el aire adquirieron un tinte amatista.

Los sacrificios de la fe

A medida que se acercaba el día de la Natividad de Cristo, la ciudad se iba cubriendo de un polvillo místico que, como la arena roja que arrastraba el siroco en el verano desde las costas de Túnez, se depositaba imperceptiblemente sobre las personas y las cosas y terminaba por consustanciarlas, fundiéndolas en una piedad compacta e inequívoca. La inminencia del milagro renovado y la confianza en el perdón general azuzaban la fe, crecía el interés por los grandes y los pequeños ademanes de la liturgia, no por conocidos menos esperados, y cundía la reconfortante certeza de pertenecer, de estar incluido, de formar parte de la gran ecumene, de ser un fiel, un cristiano de toda Cristiandad, perfectamente capaz, si no de enumerar las cinco pruebas de la virginidad de María o las cinco razones de la circuncisión del Ungido, como los doctores de la Iglesia, sí al menos de interpretar sin error y a primera vista las narraciones que se evocaban en los arquitrabes y en los frisos, en las columnas talladas, los tapices, los palios, los vitrales y los nichos de las capillas, exclamando al punto ahí está el Bautista, allá va la Magdalena, el de las tablas es Moisés, ese de allá es Elías, los de atrás son Martín y el pordiosero, y a la derecha, Lucía, la que lleva los ojos en la mano. Sensación de cobijo, de estar, en esos días destemplados del comienzo del invierno, debajo de una gran manta.

En coincidencia con ese tiempo de excepción germinaban naturalmente los portentos y *mirabilia* de todo tipo, de los que daban cuenta, en voz baja o vociferante, según su condición, los viajeros que llegaban al puerto, casi todos peregrinos en esa época del año, y los rústicos que, como los arroyos, se volcaban a la ciudad desde los valles.

En la mañana de las vísperas no había ingresado al puerto más que un único barco, una galera provenzal de los astilleros de Aigües Mortes, propiedad de los Hospitalarios. Ya había estado fondeada en la rada tres meses atrás de camino hacia el Adriático, el tiempo suficiente para cargar agua y desembarcar a un pequeño grupo de tullidos y enfermos de familias nobles que buscaban alojamiento en Génova, más concretamente en San Giovanni de Prè, cómodo y holgado como para contener a todo el morbo de la Catalunya y la Provenza. Luego había continuado viaje hacia Messina, y más adelante, a la altura de Otranto, se había cruzado con la flota vencedora de Curzola el mismo día en que el almirante veneciano se había hecho pedazos los huesos del cráneo. Veinte días después, ya avanzado el otoño, mucho más tarde de lo calculado, había alcanzado su destino y ahora regresaba a casa sin esperanzas de completar el periplo antes del final del año. La fiesta se pasaría en Génova.

Amarrada junto al Ponte dei Legni, la galera de los peregrinos concitaba el interés. Se la veía afanada y despierta en una época en que buena parte de los barcos dormitaban en los fondeos, trajinada por hombres que descargaban baúles y fardos, y por los pasajeros, hombres y mujeres, que se derramaban lentamente sobre el *pontile* cubriéndose la cabeza con los mantos cuando arreciaba el viento. El agua de los barriles que los marineros hacían rodar por la cubierta y vaciaban luego en la bahía era toscana —la borrasca los había demorado en Pisa más de diez días—, pero la que inundaba el alma de los viajeros, que ahora avanzaban por la Ripa inclinados y golpeando los pies contra el suelo para ganarle al frío, provenía de más lejos, de la sede misma de uno de esos portentos mayúsculos con los que el cuerpo de la Cristiandad se robustecía y echaba brotes. Los que venían en ese barco habían visto con sus ojos y tocado con sus manos la Casa Santa, la casa de todas las casas, la casa de la Anunciación, la casa del Dios Niño, que afincada originariamente en Nazaret y en la provincia de Galilea, como bien se sabía por los Evangelistas, ya no estaba más en ese sitio. Respondiendo a un impulso propio, había levantado vuelo siete años atrás —más exactamente cuando Acre, Tiro y lo que quedaba del reino de Jerusalén caían en manos de los turcos— y viajado por el aire hasta posarse fuera del alcance de los infieles. Desde entonces se había mudado tres veces, siempre por ministerio angélico: primero a otro punto de la Dalmacia, cerca de Durazzo; luego, en un rapto aun más ambicioso que la llevó por encima de la península de los Balcanes hasta tierra italiana, a un umbroso bosquecito de laureles próximo a Recanati del que había obtenido el nombre con que se la conocía desde entonces, Casa Santa de Loreto, y por fin —no hacía de eso más de tres años, lo que pintaba de emoción viva el episodio— a una colina de Ancona, cerca de un río de orillas amenas y clima agradable. A partir de ese momento no se había vuelto a mover. Hasta allí la habían ido a buscar los peregrinos de Aigües Mortes, dispuestos a pagar su pasaje por ver y tocar y hasta tal vez, incluso, ¿por qué no?, oler con las propias narices los olores dejados por la Virgen Niña, por la Virgen Madre y por el propio Niño Dios, que entre esas precisas piedras, se dice, se habría trepado a las rodillas de su abuela Ana y jugado a las escondidas con su primo Juan, el hijo de Zacarías. Acerca de la Casa Santa había circulado también otra versión según la cual el transporte no habría sido divino y aéreo sino humano y acuático, en galera, que no habrían sido los ángeles los responsables del ministerio sino un tal Angeli, Nicéforo Angeli, déspota de Epiro, quien se la habría dado como regalo de casamiento a su devota hija Ithamar cuando se convirtió en esposa del cuarto hijo de Carlos el Rengo. Pero había triunfado la versión angélica y a esa altura ya nadie recordaba la devoción de Ithamar ni dudaba de que la Santa Casa de Loreto había volado por encima del mar a lomo de un milagro.

Entre los portentos que se narraban para la fiesta de la Natividad siempre sobresalía uno, y ese año fue el de los peregrinos de Loreto. Los fieles que los rodeaban les solicitaron reliquias, por lo general

puñados de tierra santa y pedregullo, y ampollas
con agua del río, que hubo que dividir en porcio-
nes mínimas para abastecer la demanda. A medida
que avanzaba el día el portento de la Casa Santa se
iba mezclando con los que circulaban ya desde el final del Adviento, en que los protagonistas eran más
bien astros y fenómenos celestes, como aquellas iri-
discencias que dibujaban rostros bellísimos de niños en el cielo, y con los más contundentes que
aportaban los montañeses, vinculados casi siempre
a animales parlantes, de preferencia asnos y bueyes,
y a fuentes de las que manaban aceite, miel, hiel,
sangre y, en ocasiones, vino.

Rustichello de Pisa no permanecía ajeno al
espíritu navideño. Aunque el efecto de la racha era
temporario —por lo general no se prolongaba más
allá del primero de año—, bastaba para remozar su
religiosidad, que el tiempo había ido enmohecien-
do. Lo aprendido entre los dominicos y ejercitado
luego entre los miembros de la ferviente corte de
Anjou no era poco y en sus mejores momentos había llegado a abarcar no sólo los aspectos prácticos
de la fe, como ser el ordinario completo de la misa
desde el Introito hasta el último *Dominus vobiscum*,
incluidos el Confiteor, el Credo, el Canon, el Pater,
el Ave María y el Sursum Corda, sino también los
metafísicos, tales como la formulación —gruesa—
de la polémica en torno a la inmortalidad del alma.
Pero lo cierto es que todo eso se le había ido escu-
rriendo al pisano. Los años de aislamiento, el escaso intercambio con espíritus cultos y los quebran-
tamientos de la memoria habían terminado por

embrollar su teología. Los sortilegios de Merlín, las trapisondas de Morgana, los enemigos mágicos de Lancelote y las hazañas de Tristán, sumados a los trozos de filosofía reunidos durante sus años de copista, habían terminado por formar un cúmulo no muy bien ensamblado que el pisano había embutido por fin en el gran *panino* de su cosmos particular, tan útil a la hora de simplificar las cosas: arriba los pájaros, debajo el mar, y en el medio los afanes humanos, las bellas historias de los caballeros andantes y también, a falta de otro lugar, el Viejo y el Nuevo Testamento. La zona intermedia era un tanto abigarrada y tendía al desborde, pero los dos límites, serenos, claros, la mantenían a raya. De la teología del dominico le quedaba sobre todo el gesto de la liturgia, y a ella se aferraba como única salvaguarda, su patria perdurable en una vida signada por el destierro. Respetaba las fiestas, se persignaba a menudo, no blasfemaba, seguía el paso de las procesiones desde alguna ventana cuando había ocasión, y ayunaba no sólo al inicio de las cuatro témporas, como recomendaba el obispo Iacopo —en primavera para refrenar la lujuria, en verano para contener la avaricia, en otoño para neutralizar la soberbia y en invierno para protegerse del frío, la infidelidad y la malicia—, sino también muchos otros días del año, cien en total eran los que mandaba la Iglesia, y la muy medida generosidad de sus captores no permitía saltear ninguno. Todo eso, más ensayar alguna rima en alabanza a la Virgen y en contadas ocasiones asistir a misa, eran su aporte en la negociación con lo divino.

Las actividades del Palazzo fueron, en esa víspera de Navidad, muy pocas. Los funcionarios se retiraron temprano para entregarse a los preparativos y dormir un rato antes del oficio de vigilia, *ad galli cantum,* en coincidencia con la hora que había elegido Jesús para nacer. Los prisioneros habían permanecido en las celdas durante toda la mañana a la espera de la visita de las genovesas piadosas, que traerían, como todos los años, camisas nuevas de algodón, alguna manta áspera de lana de cabra y confituras de castañas para después de la misa solemne a la que todos, esta vez también ellos, asistirían. Al Palazzo, donde los presos no alcanzaban la docena en esos días, sólo llegó una de esas venerables damas, la caritativa Benvenuta Fregoso, conocida como Beata Limbania por el nombre del hospicio a cuyo sustento contribuía más que nadie en la ciudad. Venía con su *pediseca,* una pequeña sarracena de nombre Leila. Mandó reunir a todos en el *cortile,* hizo que se hincaran sobre las piedras —dos de los venecianos, uno que pertenecía a la casa Zorzi y otro a quien apodaban Il Brunello, los más prominentes ahora que al Gradenigo le había llegado el rescate, extendieron los restos de sus vestones sobre el suelo a manera de alfombra—, rezó con ellos tres avemarías y dos glorias y les repartió las camisas, menos de las necesarias, de manera que a algunos, Tribulí entre ellos, les tocaron escapularios. La dama, acostumbrada a repartir su generosidad entre leprosarios, hospitales, iglesias, cautivos necesitados de rescate, difuntos necesitados de misa, jóvenes casaderas necesitadas de dote, puentes necesitados de mantenimiento y, últimamente, presos y pecadores, dio por terminado el trámite. Se cubrió la cabeza con el velo, la inclinó piadosamente hacia un costado, dio media vuelta y abandonó el Palazzo.

Los prisioneros fueron devueltos a sus celdas, cada uno provisto de un cuenco con caldo de unto y ajo, bueno para soportar el frío, que ellos mismos transportaron con dificultad escaleras arriba. El pisano, inflamado de Cristiandad tras la visita de la dama —sus ademanes le recordaban la altivez imperial de Margarita, segunda doncella de Gayette de Fleury, dama de honor de la princesa Beatrice de Sicilia en ocasión de su boda con Felipe, hijo del rey de Constantinopla—, dejó la sopa en el suelo junto a su camastro y se frotó vigorosamente la rodilla izquierda, la más resentida por el rigor de las baldosas. Suspiró, juntó las palmas con unción y espió el rostro de sus compañeros, buscando algún eco a su fervor. La tranquila indiferencia que vio en ellos lo desconcertó. Ni Tribulí, atareado tratando de anudar el escapulario en el dedo de uno de sus pies, ni el veneciano, que devoraba su *brodo,* parecían sensibles al espíritu del momento. No dejaba de ser incómodo para un creyente. Rustichello hizo otro intento: volvió a unir las palmas, bajó la cabeza sobre ellas y se lanzó a un Credo enfático, casi combatiente, al que no logró arrastrar a nadie. El veneciano se limitó a observarlo sin despegar la cara del cuenco.

Rustichello repasó las referencias a la fe que habían aparecido en el relato de su socio hasta ese momento. Llegó a la conclusión de que no sólo eran escasas sino sospechosas, salvo una, que aludía a cierta carta que los tres Polo habían debido entregar a cierto Papa, no Bonifacio sino otro —Rustichello no recordaba cuál, últimamente los Papas duraban poco—, por encargo del Gran Khan. La mayor parte de las alusiones religiosas eran francamente extrañas y ajenas al dogma. Por ejemplo, la descripción de los inmensos dioses yacentes de Campciú, cuyas dimensiones equivalían, había dicho el veneciano, a las de toda una catedral o poco menos, algo que había llevado a Rustichello a preguntarse qué clase de catedrales podrían contener dioses del tamaño de catedrales y cuál sería la forma que deberían adoptar esos edificios considerando que no se trataba de dioses erguidos sino horizontales, durmientes. Había habido una alusión a los Tres Magos a propósito de su paso por el reino de Saba, también era verdad, pero Rustichello había tenido que retocarla mucho, hecho varios agregados, como el detalle de la mirra y el incienso, y corregido los nombres de los magos, ya que el veneciano había usado unos desconocidos para él. Recordó también que su socio no sólo no había manifestado disposición al ayuno sino que siempre había comido con apetito cualquier plato que le pusieran por delante y que no se había inhibido de describir, incluso en días de abstinencia, toda suerte de carnes asadas. Además, en una ocasión en que él, Rustichello, había aludido a Genesaret y el milagro de la multiplicación de los peces, había respondido con aquella referencia a los encantadores de la isla de Socotra, aunque sin ánimo de confrontar, como un simple aporte al inventario de magias y taumaturgias.

El pisano se sentía bien predispuesto a las rarezas, nada le daba más placer que la colorida diversidad de los relatos, moneda de valor a la hora de dar a luz una obra destinada al entretenimiento de gente ociosa y ávida de sorpresas. Pero ese día lo remoto lo desasosegaba. ¿Estaría asociado con un infiel? ¿No sería su compañero de celda, el preciado poseedor de las historias peregrinas, el viajero a los confines del mundo, el minucioso observador de costumbres, un alma extraviada en las tinieblas de la idolatría? ¿O, peor, un disidente, un hereje loco de esos que la Iglesia echaba de su seno o disciplinaba a fuerza de bulas, confiscaciones y hogueras hasta que recuperaban la apostólica cordura? Su socio tampoco parecía versado en materia religiosa ni puntilloso en la liturgia ni conocedor de las vidas de los santos, no lo había oído dialogar con ninguno de ellos, ni siquiera con San Antonio, con el que se hablaban todos, y lo que era aun más raro, desconocía la existencia de Pedro de Orséolo, el dogo santo, su paisano, que había renunciado a la vida de palacio para encerrarse en una ermita perdida en el rincón más insondable de los Pirineos. Esa ignorancia en materia de santidad era una desventaja: un hombre de dogma enclenque era proclive al desvío, frágil como una hoja al viento, inerme, y a merced de las artes de Lucifer, que no descansaba nunca y contaba con muchos y muy logrados disfraces para perpetrar sus engaños. ¿Qué

le había pasado a San Antonio, si no? ¿Y al propio
Juan cuando atravesaba un desierto parecido al que
había atravesado Polo? Rustichello se persigna.
Exagera: ¿no sería también un demonio la hurí de
sus pensamientos? El corazón se le encoge. Piensa
en el libro, lo único que de veras importa. Sin duda sería observado —Rustichello siente sobre su
cuero la mirada de los inquisidores, todos tienen el
rostro de su maestro—, y no sólo observado sino
leído atentamente y con detalle. Más de un libro
había ido a parar a la hoguera, y a veces llevaba a
su autor pegado. La cuestión de la ortodoxia supone una complicación que hasta entonces no se había presentado, deberá incorporarla a su nómina
de adversidades. Es inmensa la tarea de un escriba.

Se acerca a la ventana y fija la mirada en el
cielo a la espera de alguna señal de connivencia divina. Ve lo de siempre: un pájaro o dos, de la raza de
los avizores, que trazan en el aire círculos seguramente llenos de significado pero del todo ilegibles para
él. El sol se ha puesto. En Capo di Faro ya arde el
fuego, la estela de humo apunta al mar abierto pero
se desdibuja en la oscuridad. Junto al muelle, la galera de los peregrinos le recuerda a Rustichello la historia del zapatero, el sultán de Bagdad y la fe que
movió la montaña. No está seguro de haber apun-
tado que el zapatero era tan casto que se había arrancado el ojo con la lezna después de mirar con lascivia el tobillo de una mujer. En todo caso, no era un
dato para desperdiciar, ya verá de agregarlo.

Polo se había acuclillado en el suelo y observaba distraído el escapulario insertado en el pie del

Incomprensible. Así acuclillado, de forma tal que el peso del cuerpo caía entero sobre los talones pero la espalda se mantenía erguida, con los restos del ropón de terciopelo echado de través sobre los hombros, el gorro calado sobre la frente y el carbunclo brillándole entre los dientes, el veneciano conformaba una silueta difícil de incorporar a un pesebre. Sin embargo tenía una expresión serena. El pisano no puede imaginar una expresión así en un hereje, alguien siempre ardoroso, hasta demasiado ardoroso según su idea. Eso lo tranquiliza. Tal vez Polo no fuera un idólatra ni un hereje sino un frío, un indiferente al espíritu de la Navidad. Tal vez de tanto andar entre infieles se le había terminado por pegar algo de ellos, se había acostumbrado a tomar a los dioses al llegar a una comarca para dejarlos caer al reiniciar el viaje, poniéndoselos y quitándoselos como zapatos. En ese caso su gestión como escriba será aun más importante. Deberá disfrazar la indiferencia para que no se haga visible, enderezar lo torcido, aclarar lo confuso y ajustar al recto dogma cualquier titubeo o desvío en que pudiese incurrir su socio, proteger el relato de toda heterodoxia adaptándolo *ad usum Ecclesiae,* untándolo aquí y allá de cristianismo insospechable. El pisano respira aliviado. En tanto el libro esté a salvo, no tiene intención de proceder a una conversión —o reconversión— en regla de su socio, tarea mayor, para la que no estaba habilitado.

Tiene en reserva, desde hace ya casi dos días porque la festividad le ha impedido encerrarse a escribir, una historia excelente, una de las más interesantes que le ha narrado el veneciano hasta el momento. Heroica, llena de acción, con dilatados paisajes, grandes hordas a caballo, una princesa codiciada, muertes, ofensas, venganzas. Ha estado dándole vueltas en la cabeza, diciéndose que esta vez no se va a apresurar porque el capítulo bien vale el esmero. Se trata de la batalla entre el Unc Khan, de Karakorum, y Gengis Khan, el primer gran rey de los tártaros, pero en los comienzos de todo, cuando Gengis Khan no era nadie todavía y el Unc Khan, en cambio, era un gran señor que se permitía negarle a su vecino la mano de su hija, la princesa. En ese punto, el del rechazo, Rustichello tiene pensado un buen discurso para responder a la solicitud del mensajero. El Unc Khan dirá que antes que entregar a su hija a tan despreciable pretendiente prefiere arrojarla al fuego. O a un precipicio. Rustichello todavía no lo tiene decidido, el del precipicio también es un buen tema. Por otra parte resolvió incorporar nigromantes y adivinos, un recurso infalible que le había dado mucha emoción al comienzo de las aventuras del rey Artús. Antes de una batalla no podían faltar los adivinos, y algo le había contado el veneciano acerca de los que dividían una caña en dos, pero a lo largo, para simbolizar a los contendientes, y luego las dos mitades, solas, por sí mismas, se movían y trepaban una sobre la otra para predecir la suerte del combate. Sólo que ahora está pensando que los adivinos deberán ser cristianos, algunos al menos, los que acierten con las predicciones. Y el Unc Khan, acaba de resolverlo, será definitivamente el

Preste Juan. Nadie había oído hablar jamás del Unc Khan en los reinos cristianos, el Preste Juan en cambio era famosísimo, y cristiano, aunque nestoriano, es decir, divergente. Tanto mejor: el triunfo sobre un divergente no podía ser mal visto. Una bella historia. El pisano bosteza. Lamenta que el veneciano se haya volcado hacia un costado y quedado dormido. Esperaba que le contara más de los momentos previos al gran encuentro. Son miles de jinetes, cubren la tierra entera como una manta, llevan semanas galopando noche y día sin bajarse del caballo, aúllan y braman para animarse, los cascos golpean contra el suelo, el polvo que levantan los envuelve.

Una hora después lo despiertan las campanas, no las completas de siempre, sino las aleluyas, las hosanas de la buena nueva: había nacido el Redentor.

Dos pares de guardias vienen por los prisioneros para trasladarlos a la misa. Afuera ya no sopla el viento pero muerde el frío. El *cortile* está atrapado en la sombra, con sólo un rectángulo de palidísimo resplandor en el centro, frente a la puerta. Los prisioneros y los guardias lo atraviesan, dejan atrás el pórtico y los mascarones, y comienzan a remontar la calle. Marchan en fila cerrada detrás de una enorme antorcha que va abriendo un surco en la noche, y fuera de esa estela de luz no se perciben sino bultos que trepan las calles en grupos cada vez más compactos. Es más lo que se oye: pasos, roces, a veces una voz, aunque nada se entiende porque todo quedó envuelto en el laberinto metá-

lico de las campanas y el aletear de los murciélagos
sobresaltados que cruzan el aire a ras de las cabezas. Desde el sur, cruzando ya la vía de Piazzalun-
ga, avanza una pequeña multitud oscura: los des-
dichados de la Malapaga, que escucharán la misa
en San Pietro in Banchi, mercenarios sin fortuna,
enemigos en harapos, muchos de ellos pisanos, escuálidos de paso cansino y gesto desesperanzado.
Los prisioneros del Palazzo, en cambio, pocos y en
su mayor parte venecianos, irán, en esta ocasión, a
la catedral de San Lorenzo. Allí ocuparán el último
puesto, el más humilde, detrás de los estibadores,
los hilanderos, los tintoreros, los tejedores y los orfebres, los maestros canteros, carpinteros y arma-
dores, quienes, a su vez, quedarán ubicados a espaldas de los cónsules del mar, los *salvatores* del
Molo, los empleados de la Aduana, los fiscales de
las gabelas de la Ripa Grossa y la Ripa Minuta, los
controladores de los peajes de Gavi y Voltaggio,
los revisores de cuentas, los notarios y los ujieres
del Palazzo de Serravalle, quienes, respetuosamen-
te y guardando conveniente distancia, escoltarán a
los verdaderos dueños de la ciudad: los jefes de las
familias genovesas, sabios administradores del *compere salis* y del negocio inmobiliario, infaltables
prestamistas de la Comuna, financiadores de mer-
caturas, ejércitos y flotas, que por esta única vez
depondrán sus querellas en honor al Dios recién
nacido, se volcarán mancomunados desde sus *alberghi,* avanzarán por la nave central hasta insertar-
se, con trabazón perfecta, en el arco que forman el
ábside y los obispos, prelados y rectores anfitrio-

nes, y tomarán asiento en los primeros escaños junto al coro, al pie del altar, para recibir de primerísima agua, ellos antes que nadie, la palabra de Dios, la del hijo de Dios y la de un hijo dilecto de la Iglesia y de ellos mismos, el Arzobispo.

A medida que se deja atrás el puerto y se asciende por la calle del Duomo, la escena se ilumina. Hay decenas de antorchas y de monaguillos con candelas en la mano, y hachones que se proyectan hacia los *caruggi* desde las ventanas. Los portales de los palacios también están iluminados, y de ellos se desprenden señores y damas con sus séquitos. Visten hopalandas de brocato y terciopelo, jubones de seda, velos de gasa, birretes, tocas perladas, gorgueras, babuchas de cabritilla, echarpes de cachemira, caperuzas de pana, túnicas con mangas que cuelgan hasta los tobillos, puños adornados de armiño, guantes, ajorcas, collares, mantos... Uno de esos mantos, el de una dama principal, que lleva pintados pavos y perdices, mide más de cinco varas, lo llevan en andas dos *pedisecas* para que no arrastre sobre las piedras de la calle donde a cada paso se interponen charcos y excrementos. La dama llega al portal del Duomo y el corro que se ha formado en el atrio le abre paso. Entre los que se apartan están los que tejieron el manto, y los que bordaron los manteles y cincelaron las vinajeras de plata con que se agasajará a los invitados luego de la misa.

A esa misa no faltará nadie. De la Macagnana llegarán los Embriaci y los Castello; de Piazzlunga, los Zaccaria; de San Matteo, los Doria; de Luccoli, los Spinola; de San Donato, los Salvaghi; de la Chiavica, los Giustiniani y los marqueses de Gavi. Desde Banchi, Cinque Lampade y el Soziglia avanzarán los De Marini, los Usodimare y los Piccamiglio. Los Fieschi, que no deberán andar mucho ya que son de ahí mismo, del corazón de San Lorenzo, conformarán este año un cortejo menos nutrido que en otras oportunidades: el jefe de la familia y sus mejores hombres han debido exiliarse después de la última revuelta. Otro tanto les sucedió a los Grimaldi. Mal año para los güelfos.

Como las calles son estrechas y sinuosas, y los edificios que las flanquean, muy altos, la catedral sólo se hace visible a último momento, a la vuelta de un recodo, en la forma de una inmensa fachada donde se alternan franjas de mármoles blancos y negros, que se dispara hacia lo alto, imposible de eludir. El triple portal, una fina geometría de basalto y mármoles tricolores —rojo del Levante, rosa de La Spezia y blanco de Carrara—, mostraba huellas del gran incendio de dos años atrás, cuando los genoveses habían combatido unos contra otros en las calles durante cuarenta días y cuarenta noches, sin tregua, y los Fieschi y sus amigos habían prendido fuego al campanil en un último y frustrado intento por detener el avance de los gibelinos sobre su plaza fuerte. Parte del arquitrabe y los capiteles habían tenido que ser demolidos y vueltos a construir, varias estatuas se habían desprendido de sus nichos. Los trabajos de restauración no habían concluido todavía: sobre el lateral de la iglesia seguían en pie los andamios de los albañiles y los talladores, cuya escala humana destacaba aun más lo desmesurado del paramento.

El contingente del Palazzo llega al sitio cuando ya hay una multitud apiñada. La rodean y se instalan al fondo, a la derecha del templo, sobre la esquina sudoeste de la torre. Desde ese punto no se vislumbra el interior de la iglesia, sólo las esbeltas columnas que se agrupan en haces para formar el arco y la ojiva de los portales. Lo más visible es la esquina misma, que tiene la forma de una estatua de pie sobre un león echado. Es ciega o tiene los ojos vacíos. En la mano lleva un reloj de sol, que responde desconcertadamente al fuego de las antorchas.

Cesaron las campanas, hubo un momento de grave silencio y luego el coro de diáconos rompió a cantar el *Quem quaeritis in praesepe, pastores*. Son voces jóvenes y bien entonadas.

Rustichello está ubicado al final de la multitud, ni siquiera alcanzó a pisar el atrio. A su lado están Polo, Tribulí, los guardias, los demás venecianos con gesto pío —no tan quejosos ahora que las negociaciones de paz habían comenzado—, un pequeño grupo de pastores, algunos con cayado y un cordero al hombro, vagabundos y forasteros, jóvenes orates, prostitutas niñas ya con las lacras a la vista, un ermitaño nemoroso que sólo se hacía ver para la fecha y el flagelante, además de perros, y decenas de figuras apoyadas en los muros, quietas como cariátides, de las que sólo sobresale una mano ulcerada tendida al viandante.

Desde los últimos puestos el interior de la catedral iluminado por la llama y ennegrecido por el humo se adivinaba dorado e inalcanzable. De la misa que siguió al *Officium pastorum* y al Canto de la Sibila sólo se recibía, y con demora, la respuesta de los feligreses. Cuando llegue el momento de la elevación y se oigan el campanilleo y el *Sanctus sanctus sanctus Dominus,* los que están en la calle harán lo que hagan los que están en el atrio, y los del atrio harán lo que hagan los que están dentro de la iglesia: tenderán el cogote en dirección al altar, aunque no alcancen a ver el cáliz en el aire y sólo perciban un pequeño ángulo del oropel del techo de la nave y parte de alguna de esas columnas esbeltísimas, que crecen hacia el cielo junto con las plegarias. Cuando culmine la misa y los señores y las damas, habiendo recibido en la lengua el pan de la comunión, salgan en paz con Dios, cristianos y bendecidos, y tras ellos vaya para hacer sus votos la corte de funcionarios, proveedores y entenados, sólo entonces, se le permitirá al *popolo minuto* entrar al recinto y avanzar por la nave lateral derecha e ir a besar la orla del mantel del altar en el que, para la ocasión, se han expuesto dos tesoros sin precio que el resto del año permanecen guardados en sus nichos: el brazo izquierdo de Santa Ana, encerrado en una coraza de oro y piedras, y el Sacro Catino, el cáliz de esmeralda —aunque algunos digan que es de vidrio verde— que Guglielmo «Cabeza de Martillo» Embriaco había traído de Cesarea hacía casi doscientos años, cuando, tras liberar al rey Balduino de los turcos, condujo uno de los saqueos más minuciosos y concienzudos de que se tenga memoria.

De todo lo que el templo contiene, que es mucho y muy opulento, es esta reliquia la que más conmueve a Rustichello. En su opinión —y así se lo comentó por lo bajo al veneciano, que parece no estar enterado de la historia— no cabía duda de que se trataba del Santo Grial, el mismo que habían perseguido infructuosamente todos los caballeros de la Table Ronde y alcanzado sólo los mejores, Perceval y Galahad. El Santo Grial, el cáliz verdadero con la sangre de Cristo, rescatado por José de Arimatea y caído ahora, ay, también él, en manos de los genoveses. La respuesta a su comentario le llegó bastante después, mientras regresaban al Palazzo, cuando, de repente y sin mediar introducción alguna, el veneciano comenzó a describir con profusión de detalles el modo sorprendente en que se servía el vino en los banquetes del Khan. Dijo que se colocaba en el centro de la mesa un gigantesco cáliz de oro de más de tres varas de ancho —la frase estuvo acompañada de ampuloso gesto de los brazos— y que ese cáliz vertía a su vez sobre cuatro cálices más chicos pero de todas formas inmensos —nuevo ademán, algo menos amplio que el primero—, labrados también en oro y plata, de los que se recogía el vino que se vertía en las copas del señor y de sus barones, unas copas majestuosas en las que habrían podido saciar su sed diez hombres al menos. En ese momento alguien de la fila pateó un gato y el cortejo se alborotó.

Al entrar en el *cortile* y cuando atravesaban el rectángulo de luz, menos preciso ahora que se acercaba el alba, se toparon con dos centinelas que venían de Banchi. Un acontecimiento ominoso había tenido lugar hacía menos de una hora a pocas calles de allí frente a San Pietro. El suceso en sí no se podía calificar de extraño, pero el hecho de que se hubiese producido en el curso de una representación teatral le había dado un carácter pavoroso.

Si bien la narración de los centinelas era confusa, al auditorio le resultó relativamente sencillo reconstruir lo ocurrido, ya que el marco era un juego teatral conocido por todos, al que llamaban el Juego de Adán o Juego de los dos Adanes. Un revisor de cuentas que se sumó al corrillo aportó los detalles. La desgracia había coincidido con la culminación de la tercera escena. Hasta ese momento todo se había desarrollado como de costumbre: Figura Divina había hecho una breve aparición en el Paraíso con melena de lana de oveja y enfundado en su dalmática, para recomendarles a Adán y Eva que bajo ningún concepto comieran de las manzanas del Árbol de la Ciencia —el revisor dijo que el Paraíso no era sino un paño raído y desgarrado, muy poco confiable, y que las manzanas no eran sino una, auténtica, aunque marchita, que habían atado a una cuerda y colgado de una de las gárgolas que daban a la plaza—, y detrás de Figura Divina había aparecido Diábolus vestido de negro y con cuernos de verdad cosidos al traje, más todos sus demonios, muchos, no menos de treinta, entre los que había varios genoveses jóvenes muy conocidos, mal ocultos detrás de sus antifaces, que, mientras Diábolus daba su discurso en favor de la manzana, soltaron su sarta de burlas y morisquetas, hasta que volvió Figura y los arrojó a todos fuera del juego. La segunda escena tampoco había salido de lo habitual, salvo que Diábolus había cambiado de traje y ahora se arrastraba dentro de un disfraz de serpiente verde y rojo, con cresta —lo mejor de la obra, según los centinelas—, y luego había comenzado a retorcerse, bailar y hacer sus juegos bajo la gárgola con tanto entusiasmo que la fama de la manzana había crecido extraordinariamente al punto que Eva había caído en la tentación, como siempre, había corrido hacia la manzana, que cayó de la gárgola con cuerda y todo, la había mordido y había exclamado: «*Gusté en ai, Deus! Quel savor!*», luego había salido corriendo a buscar a Adán, que permanecía escondido detrás de una columna, mientras el público coreaba «*Quel savor! Quel savor!*», hasta que Adán, por fin, había salido tambaleando desde detrás de la columna para morder la manzana, sólo que en lugar de exclamar él también «*Quel savor!*» se había desplomado en la plaza como un saco de trigo, y Eva, Diábolus y todos los diablejos se habían inclinado sobre él para ver qué le pasaba, por qué no se levantaba, y había resultado que el pobre Adán ya no respiraba, estaba muerto, con lo que el juego se había interrumpido definitivamente. Figura Divina había vuelto a escena, se había arrancado de un tirón los cabellos de lana y la dalmática, con lo que se notó que era en realidad un muchacho joven que ni siquiera tenía barba, y había empezado a escupir y a patear el suelo y a decir que qué mala suerte tenía esa compañía que ya se le habían muerto, en menos de quince días, dos actores, sin contar el oso, que también había muerto, y que nunca, *maugrebieu, palsambieu, merde de merde* de Lucifer, tendrían que haberse alejado tanto de Arras.

Rustichello no necesita preguntar para saber de qué compañía se trata. Tampoco duda de que el que hacía de Adán era el mismo que disfrazaba al oso con la túnica y le enseñaba a bailar sobre carbones encendidos, hombre al que estaba ligado por una circunstancia verbal irremediable: en no menos de tres oportunidades había recogido en el caracol de su oído las palabras del desdichado, las había retenido en su interior un instante, acaso demasiado, y las había devuelto luego, transformadas y compuestas, para que los otros las comprendiesen. El pisano cree en el poder de las palabras como el cantero en el poder de las piedras que le ofrecen resistencia, y de pronto teme que sus traducciones hayan sido capaces de absorber y trasladar, junto con los significados, las fiebres.

Cuando, vuelto a la celda, se enrosca buscando el sueño, ya no es la ortodoxia la cuestión que lo atormenta. Rustichello piensa por primera vez en la posibilidad de que el veneciano se le muera. Podría enfermar y morir, igual que Adán. Hasta era muy posible que muriera. Y si moría, habría muerto por su culpa, por su boca, o mejor dicho por su palabra apestada. Una palabra común, acaso envuelta en una pregunta inocente, que hubiera calado en su compañero, condenándolo sin remedio. El pisano se estremece. La idea de ser el agente de su propia desgracia lo desespera. Intenta espiar el perfil de su socio, que ya duerme, y nota una palidez inusual. La franja oscura que le cruza el pómulo termina siendo, en una segunda mirada, la sombra que proyecta la reja de la ventana, pero la palidez subsiste. Rustichello se levanta de su rincón y se acerca para escuchar la respiración del durmiente. No le gusta, cree notar un jadeo, en el fondo del jadeo un silbido, y en el fondo del silbido algo peor: nada. Acerca la nariz para oler el aliento y lo nota ácido y caliente. Recoge la manta, que se ha deslizado fuera del jergón, y arropa el cuerpo del veneciano. Como la manta es corta y los pies le quedaron afuera, le quita a Tribulí la suya y los envuelve con ella. Le toca la frente, que sin el gorro es blanca y muy ancha, y la nota caliente. Vuelve a su rincón, otra vez se enrosca, pero no duerme.

El viento ha vuelto a soplar y el mar, hinchado, barre los *pontili,* se mete entre los arcos y golpea colérico contra las columnas de los cimientos. El pisano cuenta los segundos entre una ola y la siguiente, la regularidad de los embates lo serena. Entretanto trata de recordar algún alimento bueno para bajar las fiebres. No recuerda ninguno, nadie le ha enseñado nunca a curar, ni a ser curado. Le queda la Providencia, pero la descarta. Pensar en ella lo desanima: considera improbable que algún santo, alguna santa, un Pantocrátor, una virgen, un mártir, y menos Dios Padre, escuche sus plegarias. Por un instante piensa en dirigirse al dios de los tártaros, tal vez el más apropiado dadas las circunstancias, pero no lo conoce mucho e ignora qué tratamiento darle. Rustichello quiere apretar las rodillas contra el vientre pero las articulaciones no le responden. Se desovilla, gira el cuerpo y vuelve a ovillarse hacia el lado contrario. De pronto, confundida con el misterio de la eucaristía, lo asalta la idea de comerse al veneciano. Si el veneciano muriera, si sucumbiera a la fiebre y se muriera, él se lo comería para que las historias no se le perdieran. Como esos hombres de aquel reino —¿cuál era?, el pisano ya no recuerda— que al saber que un amigo iba a morir lo mataban ellos mismos, y luego lo cocinaban y se lo comían trozo a trozo sin dejar más que los huesos pelados.

El día siguiente, que fue el de San Esteban, amaneció sereno. Entre sexta y nona entibió el sol y pegó en la cara del veneciano, que lanzó un único estornudo y pareció por completo restablecido. Tribulí, en cambio, estaba afiebrado. El veneciano insistió en que pusiera a calentar la cerviz con el sol que entraba remiso por la ventana, pero el Incomprensible lo evitaba y huía al rincón más oscuro, donde se plegaba como un erizo. Por la tarde Polo, con la mediación de Rustichello, obtuvo de Carabó un grano de pimienta y uno de anís, los partió al medio y se los dio a oler a Tribulí. Anudó una punta de la manta tres veces hasta darle la forma de un hombrecito y envolvió al enfermo con ella. Le acercó la boca a la frente. Tribulí sudaba. Después de la caída del sol comenzó a toser. Se sacudía de tal modo que esa noche salteó su pequeña representación mímica. Tampoco alcanzó la reja de la ventana, por lo que el chorro de orín cayó dentro de la celda. A Polo la tos le pareció buena señal. Un poco de excremento de perro en ayunas, dijo, habría completado la cura.

Esa semana Rustichello escribió poco, divagó mucho y perdió tiempo en ubicar al zapatero de Bagdad, de quien, en efecto, había olvidado mencionar lo del ojo de la lascivia. En su recorrido por los pliegos notó que uno de los rollos había sido alcanzado por el agua. La tinta se había corrido y, al menos en una esquina, los trazos se habían borrado. Una tarde encontró en la Gazaria otros dos rollos con daños, uno comido en un tercio por las ratas. Dedicó el resto de ese día y parte del siguiente a reconstruir las pérdidas. Se prometió no llegar a la Circuncisión sin haber logrado hacerse de un sitio apropiado donde concentrar el libro.

El tabernáculo

La cámara del *capitano del popolo* estaba destinada a provocar en el escriba tres impresiones distintas, muy nítidas, que se le presentaban en sucesión inexorablemente, cada vez que cerraba la puerta tras de sí. La primera era de especie religiosa: le hacía evocar las iglesias de Palermo que habían mandado levantar los viejos conquistadores normandos, cuya decoración, por iniciativa de sus arquitectos, había sido confiada a manos de obreros y artesanos árabes y bizantinos. Las techumbres de madera repletas de adornos, los policromados, los pavimentos y las fajas de mosaicos multicolores, los artesonados, las tallas, las paredes cubiertas de pinturas de San Juan de los Leprosos, de Santa María del Almirante, o la más pequeña consagrada a San Cataldo, e incluso de la misma capilla del Palacio Real, se le aparecían de pronto, una vez más, con todos los brillos. Tras esa primera impresión se le presentaba otra, más terrenal, aunque no menos refulgente: el recinto le recordaba el *Liber de arte venandi cum avibus* compuesto por Federico II, no el ejemplar que había copiado de su puño, que por desgracia carecía de ornatos, sino el que había mandado realizar Manfredo como homenaje a su padre, cuyas páginas, iluminadas por un artista también bizantino, o al menos educado entre los bizantinos, reproducían magníficamente las variadas aves de caza en sus formas, ámbitos y movimientos. Esa impresión dejaba paso a la tercera, mucho más perturbadora y decididamente profana: la cámara del *capitano* se parecía al recibidor de una puta griega. Como las anteriores, tampoco ésta, que lo remontaba a sus incursiones juveniles por los suburbios sicilianos donde por fin había podido ampliar su experiencia más allá de las prácticas que habían sacado de quicio a su maestro, era resultado de la casualidad. En Génova todavía se conservaba memoria de la clamorosa visita del príncipe de Taranto veinte años atrás, del modo en que había sido recibido y alojado en la cámara, especialmente adornada para él, y del papel de la Papisa en aquellos agasajos, durante los cuales había refrendado una vez más la justicia de su apodo. El ilustre visitante no había ocultado su pesar al momento de poner fin a la estadía y había coincidido fervorosamente con la mayoría de los varones genoveses en que la dama reunía todas las condiciones de la potestad suprema: era única, soberbia, ecuménica, cara de mantener y, sobre todo, infalible.

Esas tres impresiones se repetirían idénticas sin perder nada de su intensidad y lustre originales, fugaces pero clarísimas, una después de otra, siempre en el mismo orden, cada vez que el pisano ingresara a la cámara, desde aquella primera en que Carabó, con el peor de los ánimos, le había franqueado la entrada.

El episodio había tenido lugar en enero, un mes que coincidía con el auspicioso signo de la Cabra, la nodriza de Júpiter, y que era, como la misma Génova, bifronte. Enero era Jano, el dios de doble faz, con una cara vuelta hacia el año que acababa de irse y la otra hacia el que acababa de empezar, dios de las puertas y de los comienzos que tendrían buen fin. Era también la despedida al tiempo fenecido y la bienvenida al tiempo nuevo, la muerte y la resurrección, el pasado y el futuro, lo rancio y lo fresco juntos, y para el pisano significaba dejar atrás muchas aprensiones e ingresar en un período de exaltada serenidad: él mismo se disponía a ofrecer una cara trasera a los temores y otra frontal al porvenir, que prometía ser particularmente generoso. Desde que estaba empeñado en propósitos clandestinos, no podía menos que regocijarse ante la idea de que sus días estuvieran amparados por un mes guardián dueño de una llave maestra, con la cual, decían, abría la puerta del año. Esta representación del dios —a menudo Jano, para su disgusto, tomaba la apariencia de Carabó— estimulaba su deseo de la cámara, aunque también pudo haber sido a la inversa: que el deseo de obtener la llave del lugar lo hubiese llevado a evocar insistentemente la figura del dios inaugural. A su juicio el mismo Jano había sido también el inspirador de los dos golpes de audacia, el del carcelero y el suyo, que le habían permitido entrar en posesión del recinto. El de Carabó había sido en extremo peligroso para su cuello. Rustichello había quedado sumido en el más fenomenal estupor cuando poco después de la Epifanía, casi por casualidad, logró enlazar ciertos hechos que, al producirse en forma coincidente, resultaban por demás significativos: la celebración —incluida la habitual vigilia nocturna— del momento en que los Magos habían hecho su oferta de regalos al Dios niño, una nueva escapada de Carabó a la Porta Soprana, y un faltante, no ya de mercadería decomisada por el fisco sino mercadería en tránsito, propiedad de particulares, que estaba almacenada en el *cortile*. Esta vez el carcelero había llevado sus agasajos más allá de los previsibles pellejos finos y las mieles para avanzar en una línea sorprendente y de riesgo incalculable. Nunca llegaría a comprender el escriba qué había llevado a Carabó a poner en manos de aquella dama una cantidad de alumbre del que se empleaba en el curtido de pieles y como mordiente en la tintura de paños, aunque era cierto que de una criatura capaz de entrar en acercamientos lúbricos con el carcelero no se podía pensar sino que era, por lo menos, antojadiza. Rustichello conocía los caprichos de las damas de corte, las Melisendas y las princesas del *Regno,* capaces de enviar a la muerte a un caballero por un lazo de seda, pero escapaba a su magín para qué quería la Papisa algo semejante —si es que realmente lo quería y no era sólo exceso de devoción por parte de su enamorado—, aunque también existía la posibilidad, por cierto menos horrorosa, de que su contendiente de mosca, en materia de regalos femeninos, no supiera discernir entre una ampolla de perfume y un insumo de tintorería. Por poderoso que fuera el motivo, el peligro de la maniobra lo superaba: el alumbre, a punto de ser despachado a las ferias de Champagne, formaba parte de un cargamento de la flota de Benedetto Zaccaria. Echar la zarpa sobre algo así era tan desatinado como arrebatarle al león un hueso de la boca.

El escriba había sacado partido del golpe trocando su silencio por una ventaja de valor equivalente. Necesitaba la cámara. No era un pedido común, lo sabía, tampoco exento de riesgos, era temerario y complejo, y por primera vez había visto aparecer un sentimiento de auténtica alarma en la máscara canina. Rustichello había sacrificado muchas monedas prestadas, muchas *petachine* con más cobre que plata sentado sobre el escabel delante de un Carabó aletargado por el frío —también las moscas cumplían su parte con desgano— para amortiguar el impacto del pedido, pero cuando éste se produjo, junto con una sensación de poder tan intensa que lo asustó, también tuvo la certeza de que el carcelero, súbitamente despabilado, lo habría asesinado de haber podido, y triturado, y arrojado sus huesos al mar sin lamentar una pérdida mayor que la equivalente a la más torpe de sus moscas, y él habría terminado como uno más de los asiduos cadáveres que aparecían flotando entre los pilotes de los muelles. No obstante, una noche, que resultó ser la más fría de enero, en algún momento entre las horas que precedieron al amanecer de Santa Prisca, la cooperadora desinteresada, y las que siguieron al crepúsculo del día de San

Antonio, el abad penitente, el carcelero lo había acompañado hasta la cámara, le había franqueado el ingreso, y él había permanecido allí dentro por primera vez, solo, mientras el otro montaba guardia en la galería, gruñendo a oscuras.

Lo que el pisano acusó como un guantazo en la cara apenas se abrió la puerta fue el tránsito violento entre el olor del carcelero y los que impregnaban el recinto, a esencias, sebo, maderas dulces, incienso, polvo, mirra, bálsamos, telas que no habían sido ventiladas en mucho tiempo, entreverados todos, formando una masa tan espesa que casi se podía tocar, y que por algún motivo asombroso no había sido contaminada ni por los olores del puerto que estaba a su espalda, ni por los de los mercados vecinos. Desde la expulsión del Boccanegra la cámara sólo se había abierto para alojar huéspedes de importancia —el príncipe de Taranto había sido probablemente el último— y al permanecer cerrada la mayor parte del tiempo, alimentaba fantasías de refugio opulento y secreto, de cripta lujuriosa donde nada se corrompía, todo permanecía eternamente bello y tentador, como la Papisa. Afuera, en la calle, alborotaban los últimos invitados ebrios del banquete que Lanfranco de Marini había dado en ocasión del nacimiento de su octava hija, bautizada Prisca en razón de la fecha, pero ni siquiera los gritos parecían perturbar la quietud de la habitación. Luego, de a poco, la luz de la vela que traía consigo y la de los cabos que había ido encendiendo en los candelabros de la gran mesa le habían ido revelando los detalles, y el conjunto acabaría inspirándole aquellas tres impresiones, la religiosa, la terrenal y la profana, siempre en ese orden inexorable.

Rustichello examinó el recinto emocionado. La nuez del cogote le trababa la respiración y hacía esfuerzos por tragársela. Las paredes no eran distintas de las del resto del Palazzo pero la sobriedad del edificio público había desaparecido bajo delicados tapices que colgaban del cielo raso bordados con escenas de caza, procesiones de vírgenes entregando dones a los necesitados, imágenes del Buen Pastor arreando un rebaño de ovejas, leones enfrentados que, como los mascarones de la entrada, miraban al visitante con ojos reprobatorios, damascos amarillos con figuras de monstruos alados en posiciones amenazantes, hombres haciendo acrobacias sobre caballos y elefantes enjaezados como para una batalla con garras en lugar de pezuñas. En el cielo raso había frescos, y en lo alto de las paredes, hileras de mosaicos con flores, frutas, follajes serpenteantes y una fauna abigarrada que reunía pájaros conocidos e ignotos. El piso estaba a medias cubierto por dos alfombras, una inmensa con dibujos de zarcillos y cuadriláteros, y otra, probablemente turca —el pisano las había visto como novedad en Nápoles, provenientes de Anatolia—, plagada de animales heráldicos encerrados en octógonos. En la zona que dejaban libre las alfombras había un lecho con baldaquino, desarmado, y un mueble angosto y largo, entre silla y cama, que turbó al pisano porque ignoraba si correspondía sentarse o dormir en él. Sobre la pared opuesta, una chimenea y, semioculto por una puertecilla, un agujero por donde despachar los sobrantes del cuerpo al *conductus magnus* del Soziglia. El centro lo ocupaban una mesa y una alta silla episcopal —los pies le quedaron colgando cuando se sentó— con el respaldo trabajado en marfil —las figuras del relieve le martirizaron la espalda— que a pesar de su severidad no lograba remediar el aliento a pecado del recinto. Estaba deslumbrado. No pudo evitar el recuerdo de un mejor existir suyo, en el pasado, cuando los perfumes, los colores, los brillos, las morbideces no habían desaparecido completamente de su vida.

En un ángulo de la pared oeste descubrió un cofre de proporciones. El escriba lo recorrió con la pequeña llama, tiesa por la absoluta inmovilidad del aire. Como los dibujos de la alfombra, tenía forma de octógono. Los laterales componían escenas de una coronación. La tapa, semejante a una pirámide trunca, reproducía el busto de una matrona de cuello largo y ojos grandes, rubricado por caracteres griegos en los que el pisano alcanzó a descifrar el nombre de la emperatriz Eudoxia; junto a su ojo derecho había una mácula, una pequeña porción de esmalte saltado que la hacía parecer tuerta, pero aun con esa desventaja no dejó de impresionarle su majestad. Rustichello levantó la tapa, el interior estaba vacío. Pasó los dedos con suavidad por las aristas y el contorno en relieve de las figuras. Ni por un instante dudó de que ese cofre le estaba reservado, que se hallaba ahí sin otro propósito que el de convertirse en depositario de su tesoro, el arca de su grial, su tabernáculo, su sagrario. Era el lugar perfecto, se lo repitió a sí mismo hasta disolver cualquier vestigio de duda, para un manuscrito. A salvo de los funcionarios y de las polillas, tampoco lo alcanzarían la humedad del mar ni los hongos que el Soziglia hacía trepar por las paredes. Para mayor seguridad podría incluso echarle por encima un tapiz pesado, y gracias a su forma caprichosa pasaría tranquilamente por un sarcófago o una urna funeraria, que nadie, a menos que conociera su contenido, estaría interesado en abrir. No podía creer en su suerte. Se demoró acariciando la corona de Eudoxia, los ojos saltones, la papada y el escote, completando mentalmente la figura con los vestidos que solía llevar la hurí, hasta que el carcelero lo sacó de su arrobamiento con dos golpes sordos sobre la puerta indicándole que la visita había terminado.

A partir de aquella primera, otras visitas se sucedieron, no a diario sino en momentos escogidos, dado que la cámara nunca sería para Rustichello el lugar donde escribir sino donde reunir los pliegos, aunque también releer, corregir, esbozar algún pequeño dibujo a mano alzada, o agregar una letra perdida o una anotación, sobar las hojas, leer en voz alta, cuidando de no quebrar el silencio de la galería, escucharse, deleitarse en fin, y recibir la muda aprobación de Eudoxia.

Las incursiones nocturnas pronto tomaron el cariz de un rito secreto, en cierto modo no muy diferente del que habían tenido las reuniones de mosca. Las partidas estaban interrumpidas pero en apariencia la rutina no había variado, excepto que ahora era el pisano quien se había adueñado de la iniciativa, definitivamente alterados los roles de dominador y dominado. A una escueta señal suya hecha en el momento de recibir la última ración del día el carcelero se daba por enterado, y pasada la medianoche volvía a presentarse como siempre, rascando los barrotes con la uña negra, y hacía salir al preso, no ya para arrastrarlo a sus veladas sino para conducirlo a la cámara, abrirle la puerta y desaparecer hasta que sonaban laúdes, nunca más tarde, cuando se sucedía la misma escena en sentido inverso, y el prisionero acababa de nuevo en la celda.

De a poco, en sigilosas travesías nocturnas, amparado en la oscuridad de los rincones, amoldando la curva de la espalda a los ángulos de las paredes en sombra, fue acarreando los pliegos desde la Toscana y la Gazaria, en orden, atento a los estantes con sus fechas, primero los que contenían la travesía desde las dos Armenias hasta la Montaña Movediza, luego desde la Montaña Movediza hasta los bandidos que oscurecían el aire, y así en adelante. No fue fácil. Algunos números de folios eran de lectura confusa y debió proceder con suma atención para disponerlos en la sucesión correcta. Actuaba con método, concentradamente. De día los escondrijos se cargaban de pliegos al ritmo tenaz de su caligrafía, y de noche, aunque a un ritmo mucho más irregular, se aligeraban. Guardaba las hojas sueltas, sin anudar, previendo que tal vez fuera necesario insertar detalles, nuevos asuntos, nuevas historias peregrinas que el veneciano olvidaba de momento y a las que regresaba luego, una costumbre que el escriba nunca llegaría a controlar por completo y que parecía escapar a todos sus esfuerzos educativos.

Cuando una importante porción de pliegos quedó depositada en el fondo del arca y el busto de Eudoxia se cerró amorosamente encima, el pisano lloró. No lograría, al principio, tenerlos reunidos allí a todos todo el tiempo, siempre habría alguno fresco todavía en peligro, oculto dentro de un cartulario o convertido en un tubo empotrado en un hueco, esperando el momento sobresaliente de pasar a formar parte del libro. Pero no le faltaba paciencia al pisano: iría reuniéndolos, Carabó mediante, así como más velas y enseres de escribir, en la medida en que las condiciones se presentaran seguras. Si bien el movimiento nocturno del Palazzo era casi nulo, nunca faltaban el grito de un preso o el aúllo de un gato capaces de despertar a un guardia, o una rata del tamaño de un conejo capaz de despertar a un perro enroscado en el *cortile,* listo a su vez para despertar a los centinelas del puerto que se metían a dormir el vino en los rellanos de las paredes.

En ese recinto de olores desacostumbrados, y quizá por eso mismo de un modo claramente reconocible, se había hecho presente una vez más, aunque debilísimo, el olor de su zapato, la señal venturosa que arrastraba desde aquella incursión por los techos, cuando entre las cabezas de la multitud había descubierto, perfectamente diferencia-

da, la del veneciano del gorro. Se había ido insi-
nuando hasta instalarse entre las aletas de la nariz.
Lejos de desagradarle, lo estimulaba. Era el indicio
de una continuidad. Que el rastro persistiera y que
su olfato pudiera reconocerlo entre tantos olores
avasallantes, demostraba que había una parábo-
la perfecta con su punto de partida en el día de la
mierda y su punto de llegada en el momento en
que el rey de Francia, deslumbrado por el libro,
mandara a pedir por su autor. Otras cosas además
lo estimulaban: el sillón episcopal, los candelabros,
las alfombras, las procesiones de vírgenes, el mueble indescifrable. Y por si no bastara, estaba la coronación de Eudoxia, un episodio magnífico que
serviría de marco a otra coronación igualmente brillante: el libro concluido. Se sintió un grande, un
califa, se sintió el príncipe de Taranto, sólo que en
lugar de la Papisa su mano acariciaba un manojo
de pieles de ternera.

Entró en pánico un día cuando descubrió
que el plan había desaparecido. Desde que lo había devuelto a la primitiva oficina de archivos no
había acudido a él sino un par de veces, más por
disciplina que por auténtica necesidad, y sólo para
retocar algún pormenor, corroborar una previsión,
agregar un retoño principesco útil a sus propósitos,
descansar por un instante en algo ordenado antes de
entregarse otra vez al vértigo de la escritura. De hecho, conservaba el plan en la memoria, pero le bastó saber que no estaba en su escondrijo para caer
en aflicción. Buscó frenéticamente sin resultado.
Pensó en las ratas, no en que se lo hubieran comi-

do esta vez sino robado, ya que si podían transportar un huevo haciéndolo rodar sobre las patas, como le había dicho Carabó en una ocasión, bien podían haber hecho lo mismo con el rollo. Después pensó que alguien, él mismo quizá, sin advertirlo, lo había removido de entre los portulanos apolillados y estaba sepultado en medio de otros rollos, quién sabe cuáles. Los detalles elaborados con tanta minuciosidad se le escapaban y la lista de aliados y adversarios —sobre todo la de adversarios, que siempre había sido escueta y bastante deficiente— se estrechaba a toda velocidad. Con el correr de las horas, sin embargo, se tranquilizó, y en poco tiempo dejaría de lamentar el incidente: aun sin el plan a la vista el trabajo fluía, los pliegos se sucedían, se mudaban y se apilaban en la seguridad de su *sancta sanctorum,* el arca de la emperatriz tuerta.

Ver la obra reunida dentro del cofre, verla abultar, ganar peso, le dio un brío tal que sintió que también él echaba carnes y crecía, que era como sentir que retrocedía en edad. Polo le había contado que los tártaros podían cabalgar ininterrumpidamente sin comer ni encender fuego, nutriéndose nada más que de la sangre que sorbían de un tajo hecho en el pescuezo de sus caballos. El pisano imaginó que, de no ser por su espalda, que persistía en conservar su rígida curvatura, habría sido capaz de atravesar una prueba semejante: sus piernas, notaba, se contagiaban de la dureza de las piernas de los jinetes, soportaba mejor el frío, su espíritu ganaba en robustez, en resistencia a la fatiga y a la vigilia, y en cuanto a beber sangre de caballo, pensó, sólo había de ser cuestión de acostumbrarse. Gracias a su vigor nuevo la memoria se mostraba más generosa por la mañana, recordaba más y con más nitidez, al punto que casi no se angustiaba al despertar. Dormía menos horas, por lo que el sueño le había agrietado los ojos y el vicio de chupar la punta del canuto se había vuelto incontrolable, pero la mano se había hecho más ligera, los borrones menos frecuentes, la pluma no se abatía tanto sobre la hoja, y había llegado por fin a un entendimiento con su letra, que en poco tiempo más, estaba seguro, acabaría por volverse definitivamente redonda.

El movimiento del puerto seguía siendo escaso y gracias a la inactividad el libro avanzaba como una fusta empujada por viento franco. Ante los magistrados, Rustichello justificó sus largas permanencias en las oficinas con una sorprendente devoción por el pasado en limpio de ciertas actas, lo que le había valido una palabra de elogio por parte del juez de las calegas, normalmente poco dado a los cumplidos. El pisano deseaba que el invierno no acabara nunca. Mientras la ciudad y el puerto cabeceaban, él trabajaba. Génova, enroscada sobre sí misma, se acurrucaba al calor del fuego, asaba capones y gallinas, revolvía los caldos que se cocían a fuego lento y saboreaba el tocino de los cerdos. Jano, el de las puertas, gobernaba los días bajo la figura de un viejo rústico y goloso que habitaba las cocinas atendiendo la olla que humeaba, comiendo y bebiendo como cualquier mortal. Por las noches todos se quitaban los zapatos y arrimaban al fuego los pies ateridos hasta que el calor empezaba a subir, trepaba hasta el pecho y allí se expandía. Que para eso estaban los meses fríos, para comer y calentarse, y hacer acopio de energía como antes se había hecho acopio de leña, castañas e higos secos, y reponer fuerzas para la primavera, cuando el regreso de los barcos de Oltremare pusiera otra vez el puerto en vilo. Bajo la superficie, sin embargo, los nervios de la ciudad seguían tensos. Como siempre, había mujeres preparando el algodón para los paños de las velas y hombres claveteando la tablazón en el esqueleto desnudo de los barcos por nacer. En Serravalle, en San Lorenzo, en la intimidad de las curias familiares y de los capítulos, se complotaba y se tejían alianzas ante la inminente elección de las autoridades, que se renovaban en febrero. Bajo una *loggia,* alguien, para ganarse el favor del santo invernal, Martín, se deshacía de su ropón y se lo echaba encima a un mendigo, pero enseguida corría al abrigo de su casa escapando de la tramontana, que lo perseguía como una garra. En el *contado* los campesinos vigilaban a los animales, hacían quesos, y de vez en cuando corrían en pos de alguna liebre mientras escuchaban bajo la tierra el germinar de las semillas plantadas en noviembre.

También el veneciano parecía preferir los interiores a la intemperie del camino. Tras completar la historia de Gengis Khan y sus comienzos en la penosa Karakorum, Polo lo había enterrado sin más. Enterró más velozmente aún a sus herederos Cui, Batu, Alcu y Mongu, les dio soberbia sepultura en el monte Altai matando a todos cuantos se cruzaban en la ruta de sus cortejos fúnebres, atravesó la gran llanura de Bargu galopando a lomo de ciervos, el reino de Erginul a lomo de bueyes de seda, la provincia de Egrigaia, la tierra de Tenduc, y se detuvo en la puerta de un palacio de mármol.

Como antes Carabó con la cámara del *capitano,* esta vez fue Polo quien le franqueó la entrada del Paraíso, no sin antes advertirle —había hecho eso mismo muchas veces a propósito de otras cosas, para irritación del escriba— que la morada del último khan, Kublai, en Xanadú, era tan bella que no admitía descripción y sólo era posible conocerla a través de los propios ojos, de modo que él, messer Rustichello, sólo podría aspirar a una pobre representación de la verdad.

El veneciano se demoró perezosamente en el palacio. El recuerdo del magnífico refugio donde el Gran Khan de los Khanes pasaba sus veranos se abrió paso a través de una bruma, pero lo que surgió al final de ella tenía colores brillantes. Polo habló de cámaras doradas cubiertas de esmaltes, muros pintados con pájaros y flores, y de un prado que rodeaba el palacio, repleto de volatería y piezas de caza, práctica a la que el soberano, dijo, era muy afecto. Mostró al Khan cabalgando con un leopardo en la grupa y a la fiera saltando sobre un ciervo que serviría de alimento fresco para sus halcones y gerifaltes. Le habló de las diez mil yeguas del Khan, todas blancas como la nieve, a cuyo paso se apartaban incluso los barones del imperio, y cuya leche podían beber sólo quienes tuvieran sangre de reyes.

Mencionó el bosque íntimo del soberano y, en medio del bosque, otro palacio delicadísimo hecho íntegramente de cañas sujetas entre sí por cuerdas de seda, que se plegaba y se guardaba cuando el señor partía, describió sus barnices, sus pinturas, hasta qué punto era frágil en apariencia pero muy fuerte en realidad, y cómo, cuando una nube lo amenazaba, los astrólogos del Khan la alejaban, de modo que encima de aquel palacio el cielo se mantuviera sereno aunque alrededor lloviera.

Polo insistió en que su relato no reflejaba sino una porción mezquina de la verdad, que el esplendor y la dicha que reinaban en aquel lugar serían siempre muy superiores a todas las palabras. Kublai, afirmó, era el señor más poderoso de la Tierra —ya vería Rustichello cómo atenuar ese aserto en atención a su público—, y para dar fe de ese poder cumplió la promesa de relatar la aplastante victoria del Khan sobre su primo Nayán y los incontables combates que ambos habían librado desde lo alto de sus castilletes levantados a bordo de elefantes. El pisano atendió al largo asunto de Nayán —ya vería también cómo abreviar eso— con una sola oreja. Su pensamiento estaba muy lejos del campo de batalla y fue un alivio cuando Nayán murió, para mayor fortuna convertido en cristiano. Rustichello permanecía en Xanadú, preso de la imagen del palacio plegadizo, en cuyo prado había injertado su propia imagen cabalgando junto al Khan, ambos con una fiera montada en la grupa, y transmitiéndole familiarmente lo aprendido en Sicilia en materia de cetrería mientras copiaba el tratado de Federico. Miles de halconeros los precedían, también ellos hubieran deseado escucharlo: no había mejor halcón que el de cabeza redonda, pico corto, cuello largo y pecho ancho, y el más apreciado, el peregrino, debía capturarse al paso, cuando aparecía volando desde su morada de Chipre o de Rodas. En las patas de las aves imperiales reverberaban sellos de plata. Los rodeaba un séquito de caballeros y damas gentiles excitadas por la cercanía de los mastines y los lobos cervales. El aire era tibio y el sol risueño. La escena los envolvía como un abrigo. Marchaban gozosos remontando suaves elevaciones, bordeando pequeños lagos y la orilla de los cursos de agua, retozando, *ucellando*, atrapando un cisne aquí, una perdiz allá. El pisano deliberadamente había excluido a Polo de la partida, pero el veneciano recuperó sin esfuerzo su atención cuando inició el relato pormenorizado de cómo Kublai elegía a sus mujeres, un método no muy distinto del que utilizaba para enriquecer su colina particular con árboles que eran de su agrado: acarreándolos enteros, con sus raíces, desde cualquier punto del imperio a su morada de Cambaluc.

El veneciano había llegado, pues, a la actual capital del imperio de los tártaros. Como un mago, o como un mercader, ese día y los siguientes desplegó ante el pisano riquezas tan desmesuradas y formas de vida tan opulentas que confundían la razón. A Cambaluc llegaban enjambres de mercaderes de la dilatada Catay y de las otras provincias del imperio, de la India y de los rincones del mundo más lejanos, cargando perlas del tamaño de un puño, gemas magníficas, oro, plata y objetos de excepcional belleza. Buena parte de eso iba a parar a las arcas del Khan en forma de impuestos tan astutamente concebidos que habrían hecho fenecer de envidia a un banquero amalfitano, o bien de regalos que le hacían sus barones. Y como los barones pagaban esas maravillas con trozos de papel que habían adquirido en la ceca imperial a cambio de metales y objetos preciosos —algo que, por ley, debía hacerse una vez al año—, también el resto iba a parar a esas mismas arcas, de manera que el Khan, más tarde o más temprano, terminaba haciéndose con todo: el oro, la plata, las perlas y los objetos. De ahí que si se juntaran todos los cristianos y todos los sarracenos del mundo, con sus emperadores y reyes, no tendrían tanta riqueza ni tanto poder, ni serían capaces de tantas y tan grandes cosas como este Kublai. Rustichello no ahorraba imaginación cuando se representaba la cámara de los tesoros. Al lado del Khan y sus barones, los Della Marra, los Zaccaria, los Spinola, los Doria, el Ghisulfo con sus estolas, el califa de Bagdad, el rey de Francia y el mismo Papa, todos ellos, pensó, parecerían menesterosos. Génova, de pronto, se le antojaba una aldea. Cuando Polo enumeraba la cantidad de carretas, mil de ellas repletas sólo con seda, que descargaban a diario en Cambaluc, al pisano le venían a la mente las mulas rengas que bajaban de los Apeninos. Cuando supo que en torno de Cambaluc crecían doscientas ciudades de las que todos los días del año fluía una muchedumbre con productos para sus mercados, se le representó la campesina de Val Bisagno con su canasta de huevos. Los depósitos de la Ripa eran pesebres al lado de los que Marco describía, el *cortile* del Palazzo del Mare un corral de pollos, y Serravalle —aunque él nunca había estado adentro— y el castillo angevino de Nápoles, que fuera en un tiempo su Camelot, una nada comparados con el palacio desde donde se gobernaba Cambaluc.

Por primera vez Polo describía opulencias auténticas, no ya bienes de alto precio que iba encontrando a lo largo del camino, sino riquezas que se vivían y se gastaban y se gozaban en un lugar preciso, como era la corte de este khan, por cierto mucho más entendido en placeres que los anteriores. Aquellos khanes rústicos con sus yurtas de tablillas de fieltro, sus caballitos enanos, sus bebedizos de leche fermentada, sus marchas arrasadoras por la estepa y su ferocidad se habían deshecho de golpe, y al aplacarse la nube de polvo habían aparecido los palacios, las yeguas blancas, los bosques, los prados donde bastaba estirar la mano para atrapar una grulla y todas las riquezas de Cambaluc drenando interminablemente.

Al comenzar febrero y dado que el año nuevo tártaro comenzaba en febrero, Polo relató los pormenores de la gran fiesta que la corte celebraba para entonces, y Rustichello tuvo ocasión de revivir el sentimiento de bienvenida a un tiempo de resurrección y de pureza inicial. Quiso saber si también esos idólatras tenían un dios Jano vigilando hacia atrás y hacia delante, y Polo le respondió que no, que allá no tenían noticia de alguien como Jano, pero tenían astrólogos que contemplaban los días por venir, aunque los signos eran diferentes y las casas astrales mucho más amplias, al punto que su influencia duraba todo el año. Cuando éste comenzaba, los astrólogos confeccionaban cuadernillos con todas las cosas que debían suceder, luna por luna, y luego los vendían por una cifra equivalente a un *grosso*. El saber de esos hombres, al decir del veneciano, era muy grande: si alguien le preguntaba a uno de ellos qué resultados obtendría en algún emprendimiento y le informaba del día, la hora y el punto de la luna en el día de su nacimiento y también el signo del año —que podía ser el buey, el cerdo, el perro, la rata u otro animal—, el astrólogo, sabiendo cómo se conjugaban las constelaciones en el momento de su nacimiento con las que estaban en el cielo en el momento de la pregunta, podía decirle sin error todo lo que le ocurriría en su empresa y las cosas buenas o malas que lo acompañarían. Si se trataba de un mercader a punto de viajar, y el planeta reinante era contrario a sus negocios, debía esperar la llegada de un planeta propicio para ponerse en marcha, y si la constelación que gobernaba la puerta por donde debía salir le era contraria, debía esperar a que el signo cambiara o salir por otra puerta. Un astrólogo sabía perfectamente a qué hora y en qué lugar el mercader sería asaltado por ladrones, si lo sorprendería la lluvia o la tempestad, si en tales adversidades su caballo se rompería una pata, y en qué negocios ganaría o perdería, todo según el giro de los astros.

El pisano lo escuchaba perplejo. Los signos astrales que tan bien conocía no funcionaban, por lo visto, en aquella parte del mundo, para lo que no encontró otra explicación que la enorme distancia. Dudaba, además, acerca de los efectos que podrían tener un cerdo o un buey sobre las personas, y cómo era posible hacer vaticinios de tal exactitud a partir de animales tan viles. Tampoco era capaz de imaginar en qué preciso lugar de la porción de tierra que los separaba de Catay dejarían de tener influencia el Arquero y la Cabra, y comenzarían a dominar el Perro o la Rata. Le preguntó a Polo si esos adivinos no le habían advertido del percance de Trebisonda. El veneciano no contestó y dio por terminado el relato.

Para el día de San Juan el Hospitalario, cuando Polo le anticipaba por primera vez la existencia de un río que desaguaba al otro lado del mundo, Rustichello contaba cien pliegos en el interior del arca. Como temía haber confundido los nombres de los khanes que habían sucedido a Gengis —algunos eran grandes khanes, como Kublai, pero había también khanes menores, y otros lo eran sólo de una provincia—, se los hizo repetir al veneciano, una, dos, tres veces, pero cada vez resultaban distintos, tanto los nombres como el orden en que habían ascendido al trono, por lo que al fin desistió y dejó todo como estaba. El último día de febrero, de un frío extremo, Polo le informó que en las antípodas del año, el último día del agosto, el Gran Khan daba por terminado el verano y abandonaba su palacio de Xanadú. Rustichello vivió como propia la aflicción que debía de sentir el Khan al partir. El pisano se resistía a desprenderse de Xanadú. Había quedado atado al sutil palacio de cañas, a su prado y su bosque, y la razón no era otra sino que a Xanadú había tenido que imaginarla, reconstruirla a partir de los pocos fragmentos que Polo le había proporcionado y que él había ido recogiendo como se recogen frutas brillantes, pero raras, escondidas entre las ramas de un árbol de gran follaje. Xanadú, como Camelot, como el castillo de Lanzarote, le pertenecería enteramente, y su bosque, como el de Broceliande, no sería hollado jamás por cosa vil o grosera.

En algún momento, al entrar a la cámara, la imaginó parecida al pabellón de caza del Khan por la profusión de flores, arabescos y sobre todo pájaros, pero esa impresión, a diferencia de las otras tres, no prosperó. Descubrió partes descascarilladas en el travesaño del baldaquino e hilachas sueltas en la alfombra de zarcillos. Las hebras, como pequeños ríos que se perdían en los mosaicos de piedra, le sugirieron la idea de hacer, allí mismo, un mapa. Polo, ya se lo había adelantado, comenzaría a viajar por el imperio como emisario del Khan.

La composición del mundo

Apenas comenzado el mes de marzo, en un día de tramontana duro y tan claro que los franciscanos de buenos ojos divisaban el perfil de Córcega desde lo alto del Castelleto, los viajeros abandonaron definitivamente la blanda opulencia de la corte de Kublai Khan y volvieron a ponerse en marcha. El veneciano acicateaba las mulas. Dijo que deberían viajar más aún si querían dar cuenta de las regiones del mundo, hacia el interior del reino de Catay y el reino de Manzi, donde vivían las mujeres más bellas y complacientes, hasta los confines del Gran Océano, a Cipango, Java, Ceilán, la India, y luego hasta el fondo del septentrión, más allá del gran reino de los turcos, donde estaba el País de la Oscuridad. Dijo que disponían de todo lo necesario, caballos, hombres, salvoconductos, ya que viajarían por orden y encargo del Gran Khan, que había querido confiarle a él, un extranjero, joven entonces, la misión de inventariarle el reino.

—Un reino demasiado extenso para un solo hombre, messer Rusticien, incluso para un gran Señor.

El viento empujaba tenaz hacia Cerdeña. Una gaviota, que venía aleteando con dificultad desde el Capo di Faro, quedó enredada en la ráfaga y se estrelló contra la reja de la ventana. Primero se agitó un poco y luego quedó pendiente, quieta, con el cogote y un ala adentro de la celda, y el cuerpo laxo colgando sobre el paramento. Tribulí la desprendió de su trampa y la metió maquinalmente debajo de la túnica.

—¿Y dice que fueron largos esos viajes, messer Polo?

—Sí y no, eso depende.

El veneciano tanteó con la lengua el carbunclo del diente —Rustichello había descubierto que lo hacía cada vez que debía exigirle un nuevo giro a la memoria—, dejó flotar la mirada en el aire de la celda hasta encajarla en un punto a la vez íntimo y remoto, y se echó a contar.

En cuanto volvían a aparecer la distancia, los horizontes, los amaneceres y los crepúsculos, las jornadas extenuantes, el veneciano parecía aligerarse. El relato fluía sin trabas, aunque brusco y siempre en forma de itinerario según su modo, sin pormenores ni escenas, sin historias enquistadas, implacable, seco y general. El pisano lo seguía a pasos más cortos, algo perdido, el exceso de movimiento lo perturbaba, el lento discurrir de la caravana le daba sueño. Trataba de retener las postas del recorrido, que se le volvía más enmarañado a cada paso, y de clavetear en la memoria esos nombres extraños de hombres y de ciudades en el momento mismo en que surgían de la boca del viajero, sabedor de que, al punto, se desvanecerían en un recodo del camino. Le habría gustado contar con alguna orientación, además: a quien escribía, y a quienes luego leyeran el libro, les sería de considerable utilidad saber si marchaban hacia el levante o el poniente, el septentrión, el meridión, el nadir o el cenit, y a qué distancia estaban de los principales puertos del Mediterráneo. Pero no manifestó ese deseo, ni ningún otro, y mantuvo silencio. Sabía por experiencia que no podía interrumpir el rapto, no mientras el veneciano siguiera restregándose el carbunclo. Tarde o temprano llegaría la hora de hacer un alto, y allí, cuando el narrador hubiera desensillado y estuviera dispuesto a digerir su empacho de distancia, y hacer un fuego y cambiar la camisa sudada por otra limpia de las que llevaba en el morral, tendrían tiempo de volver sobre los pasos y detenerse en algo más provechoso: una costumbre, una historia peregrina, un portento, o una batalla, incluso una como la de Nayán, que a la postre, y gracias a sus retoques, no había resultado tan aburrida. Cualquier cosa que los salvase de la monotonía del camino y de la agobiante quietud y la sumisión perfecta que parecían reinar en los dominios del tártaro, que aunque admirables, podían restarle emoción al relato. En todo caso, era cuestión de quitar y poner, simplemente.

Comenzó a preocuparse cuando, a poco de iniciada la embajada, en el momento en que estaban por entrar a la ciudad de Juju, el veneciano comentó al pasar que los viajes diplomáticos por los dominios de Kublai se habían prolongado por diecisiete años, que no eran muchos si se miraba bien, ya que sólo en el reino de Manzi, messer Rusticien, y eso significa dejar de lado el resto de las provincias, se cuentan no menos de mil doscientas ciudades, que a un viajero curioso le llevaría quince, veinte y más días aprender a conocer.

El pisano sintió una vez más que el corazón se le venía al suelo, que su libro se atascaba, como su serventesio, en el limbo de lo inconcluso, que un desánimo fatal abolía por siempre jamás su pobre pluma. Se imaginó listando decenas y centenares de ciudades terminadas en «fú», que por ahora eran las que más abundaban, convertido de nuevo en amanuense, sin la menor ocasión de aprovechar su nuevo oficio y hasta de afinarlo con placer, como había venido haciendo hasta ahora. Y todo por cumplir con el itinerario. ¿Cuánto tiempo le llevaría escribir los nombres de las ciudades que al otro le había llevado diecisiete años visitar? ¿Y qué rey —no digamos Eduardo, que últimamente parecía más interesado en colgar escoceses con las criadillas anudadas a la nariz que en cultivar las gestas de Bretaña, sino tampoco el Rengo, bastante menos dado a las letras que su padre, ni Felipe, por cierto, excomulgado reciente, habituado a las emociones fuertes y sin ninguna paciencia—, qué rey, vivo o muerto, daría su beneplácito a un libro que acabara siendo un inventario de nombres y distancias sin un solo pasaje emocionante, un asalto a un castillo, el rescate de una doncella, una escena de antropofagia, un unicornio? El afán de precisión y verdad del veneciano, que al principio le había parecido tolerable, y útil a la obra, empezaba a hartarlo. Lo puso de mal humor. Se dijo que si se le daba la gana podía dar por terminado el libro en Cambaluc, que bien podía pasar por un Paraíso final, omitir todo lo que el otro contara de ahora en más, si era de la misma índole que lo que acababa de contar esa noche, y dejar a su socio ahí, sin siquiera molestarse en traerlo de vuelta a Venecia. Estaba en su derecho. Nadie mejor que él para cuidar la empresa.

Una noche no pudo más y le pidió al viajero que interrumpiera el relato: una ciudad más y la cabeza le estallaría. Luego, con el propósito de reflexionar sobre esta abrumadora circunstancia, hizo lo que casi no hacía últimamente: volvió a sentarse en su cátedra. Acomodó la nalga en la pendiente y la cabeza en la mano, pero a poco de empezar a pensar entró en letargo. Un rato después se deslizó, como era inevitable, hasta el apoyabrazos y luego, con apoyabrazos y todo, hasta el suelo, y se golpeó el hombro contra la escudilla. Los compañeros de celda dormían. El pisano se puso de pie, se frotó la cerviz y se asomó a la ventana.

El viento había amainado. A mitad de la bahía, enmarcado entre los dos fuegos, el del Molo y el del Cabo, había un manojo de luces pequeñas, dispersas y bamboleantes: las lámparas de los pescadores, a los que por *quadragesimal exceptio,* según la fórmula que se repetía cada año, se les había otorgado el permiso para echar sus redes en las barbas de la ciudad, junto a la cadena del puerto. Algunas horas atrás se había advertido la llegada de un gigantesco cardumen de sardinas y los inspectores del Comune consideraban que la abundancia en la oferta era el mejor modo de mantener bajo control el precio del pescado, que siempre se disparaba durante la Cuaresma. Esa semana en la *clapa dei pesci* habría cestos rebosantes de piezas de plata que el inspector mediría y tasaría con meticulosidad, y que luego los taberneros fritarían y servirían con el delicioso *zumim*. El pisano abandonó la ventana y se echó en su rincón. Recordó vagamente el sabroso *brodetto* de anchoas con porotos que preparaban los dominicos y el pastel de sardinas en casa de los Della Marra. Metió los pies entre la paja del jergón, cuya manta estaba desgarrada en varios sitios, y se dijo que debería apurar el libro si quería volver a comer variado y en abundancia.

Por fortuna a la noche siguiente el relato del veneciano le deparó una sorpresa agradable. No fue menos brioso ni menos seco que el de la noche anterior, pero al menos llegó a un oasis: luego de resolver la encrucijada de Juju, atravesar Taianfú, Acabaluc, Pianfú y Cachanfú, apareció como por arte de magia el Rey de Oro. Un personaje que el pisano juzgó muy bien desde el primer momento por su amor a las niñas y también por su mansedumbre para con ellas: cuando ya se había puesto demasiado viejo para corretear y perseguirlas por los jardines, ellas lo sentaban en un lindo carrito y, riendo, lo llevaban a pasear por la floresta. Es cierto que no era hombre afortunado en la guerra y que resultaba a la postre algo ingenuo —no era difícil ganarse su confianza y luego traicionarlo—, pero eso no disminuía en nada el esplendor de su morada ni el gozo de sus días. No todo estaba per-

dido, quedaban historias en el morral del viajero. Y en cuanto a los listados —el veneciano había mencionado que en el mar de la China se
contaban no menos de, ay, doce mil islas—, ya
vería cómo hacer para que no le estropearan el
trabajo. Se dijo que la empresa iba rauda, empujada por viento de popa. Con un mapa y una reserva renovada de paciencia, pensó el pisano, la
commenda se sostendría.

Resolvió la cuestión del mapa en el curso de
la noche siguiente, que era jueves, en cuanto ingresó a la cámara. Empujó la mesa hacia la zona de la
ventana tratando de no hacer ruido, y desnudó el
suelo que había debajo de la alfombra grande, la de
zarcillos y cuadriláteros. Inclinó la vela y dejó caer
algunas gotas de cera hasta producir un pequeño
charco en el que afirmar el cabo. Observó el terreno, le pareció aceptable. Había traído carbonilla
recogida del piso del *cortile,* que bastaba para dejar
marca sobre los mosaicos. Trazó una pequeña cruz.
Luego la prolongó hasta convertirla en una cruz
más grande: debía representar a Cambaluc, la capital del imperio. A un palmo de ella dibujó otra,
más chica. A continuación lanzó una serie de líneas más o menos rectas hacia todas partes y luego
otras, que unían entre sí a las primeras. El efecto
general le pareció el apropiado. Su mapa tenía el
aire de un portulano, sólo que no estaba orientado,
de modo que era posible que le trajera más confusión que claridad. Mojó una punta de la túnica en
saliva y frotó hasta borrar todo lo que había dibu-
jado. Estableció dos horizontes: el poniente a la iz-

quierda, contra los pies de la cama, y el levante del lado de la puerta, paralelo al cuello de Eudoxia. Ese marco lo tranquilizó un poco. Luego volvió a dibujar a Cambaluc, aproximadamente a igual distancia de ambos horizontes. Suspiró y volvió a estirar la alfombra sobre el mapa. Se dijo que mediría las jornadas en palmas: tantas palmas, tantas jornadas de viaje. O eventualmente —la idea de la palma no era del todo razonable ya que, en caso de que los viajes se prolongaran por cincuenta jornadas o más, terminaría contra alguna de las paredes, y no podría seguir adelante—, en uñas de pulgar. No sería fácil, pero era necesario. Un mapa era necesario. Para mutar el espacio en tiempo y el tiempo en espacio, y de esa manera organizar mejor el viaje. También porque dibujar el trayecto recorrido le daba una inesperada cuota de poder al escriba. Lo ponía en pie de igualdad con el viajero, le permitía, siendo él un prisionero de horizontes tan acotados, ganar libertad y distancias.

Dos semanas después había recuperado un buen ritmo de trabajo y consideraba que le había encontrado la vuelta al asunto. En primer lugar había hallado el modo de ayudar a su pobre memoria a recordar algo más que la primera letra de la sarta de nombres que desgranaba el veneciano cada noche. Los anotaba en secreto en un trocito de vitela que tenía siempre consigo en la celda, marcando los trazos con un hueso astillado, y luego, al día siguiente, apresuraba el traspaso del nombre rescatado a la vitela, o a una hoja de papel cuando la vitela escaseaba. Se había acostumbrado a dejar

muchos espacios vacíos para eventuales correccio-
nes, resultaba un método práctico aunque la página se afeara un tanto, y más de una vez lamentó no
haber dado con ese sistema desde el comienzo. Por
otra parte encontró una fórmula para despachar las
ciudades en pocas líneas cuando no tenía demasiado interés en ellas: bastaba con decir qué comían
los que allí vivían, si hablaban su propio idioma o
el idioma de los tártaros, si usaban billetes de papel o placas de sal o conchas de nácar como dinero y si eran idólatras —casi todos lo eran—, y de
ese modo avanzaba a buen paso. Como si eso fuera poco, había conseguido mechar algunas costumbres de lo más interesantes, como ser la de los
habitantes del Tíbet, que por nada del mundo
aceptaban casarse con una virgen por considerar
que una mujer debía contar con experiencia y un
repertorio de recursos con que complacer de amor
a su marido, de modo que las familias salían a ofrecer sus doncellas a los viandantes para así aumen-
tar su mérito. En los pormenores de esa costumbre, y otras de similar liberalidad que remontaron
al pisano a aquellos antiguos goces solitarios que
habían provocado la cólera final de su maestro y su
destierro, se había demorado el viajero toda una
noche, una noche casi templada que prenunciaba
la llegada de la primavera, y en la que Tribulí, especialmente inspirado en la ocasión, volvió a representar al Grifo.

Durante las cinco semanas de Cuaresma, el
pisano trabajó extraordinariamente, como no recordaba haber trabajado nunca, ni siquiera cuan-

do compiló, enmendó y giró al francés en sólo seis meses el Meliadus de Leonnoys, que incluía además el Palamedes y el Galliot de Prè, lo que sumaba una gran cantidad de folios. Lo había hecho de buen grado, recordaba, y con enorme dedicación, ya que estaba respondiendo a un pedido del príncipe Eduardo, que por entonces no pensaba tanto en los escoceses y en cambio planeaba levantar una gloriosa tumba para el rey Artús y la reina Ginebra: la copia debía estar lista a su regreso de San Juan de Acre. Pero ni siquiera entonces había trabajado tanto; era cierto que pasaba muchas horas al día en el *scriptorium* del palacio de Palermo, pero no le faltaba tiempo para pasear por los jardines y departir con los poetas. Y después, en la siguiente primavera, cuando Charles d'Anjou se lo había llevado con él a Nápoles, tampoco había sido tanta la tarea, le sobraba el tiempo, incluso había seguido prestándoles pequeños servicios a las niñas de la corte para quienes leía romances y poemas. Ahora en cambio era raro que encontrara descanso. Las mañanas estaban dedicadas por completo al Palazzo, a las actas, cuando no a los favores para algún poderoso. Sólo por las tardes podía justificar las horas de encierro en una de las oficinas, donde siempre había copias que hacer, para seguir con el relato que, además, era el relato de un viaje, cosa que de por sí cansaba, y de tanto en tanto, una o dos veces en la semana, encerrarse en la cámara del *capitano* para hacer pequeños agregados en el mapa, que luego el roce de la alfombra tornaría difusos, o bien leer, a la mala luz de su cabo de vela, algún pliego, un pliego cualquiera, que tomaba, siempre al azar, del interior de la pechuga de Eudoxia para convencerse una y otra vez de que el esfuerzo valía y que tarde o temprano tendría un libro. Al día siguiente, muerto de sueño, volvía a canjear el lago de perlas y la montaña de turquesas de Caindú por los sacos de trigo y los rollos de paño de lana de cabra. Un ritmo implacable del que sin embargo no se quejaba. La idea de un suceso imprevisto capaz de arrancar al veneciano de su lado, como un eventual rescate pagado por la familia —cada vez más improbable—, un canje de prisioneros, un traslado, o la muerte, había dejado de acosarlo. Se sentía casi libre de amenazas, y eso le otorgaba un aplomo, una seguridad hasta el momento desconocidos.

Una mañana, poco después de la celebración de la Pascua, vinieron por él dos mensajeros, uno de parte del flamante juez de robos, recién entrado en funciones, quien, por razones del todo incomprensibles, debía acreditar la muerte de un burro cuya cabeza, cuero y rabo se habían usado en una sonada orgía de Carnestolendas, por desgracia sin permiso del dueño, que ahora reclamaba resarcimiento, y el otro de parte de Branca Doria, quien acababa de llegar de Cerdeña y necesitaba una copia del acta de testamento vinculada a ciertos bienes fundiarios sitos en Logudoro, con algunos pequeños agregados, y además una carta para el abad de Santo Stefano en agradecimiento por las tinajas de aceite de la propia molienda que había enviado a la familia para la fiesta. Hubo una breve

disputa entre los dos mensajeros, a la que el pisano asistió en silencio con el pupitre mecánico de
San Gregorio bajo el brazo y los avíos de escritor
colgados del cogote, y que saldó de un plumazo el
juez de las calegas en cuanto puso pie en el *cortile:*
entendía la emergencia del juez de robos, etcétera,
etcétera, admitía asimismo el derecho que tenía un
Doria, cualquiera, incluso Branca —puso intención al nombrarlo ya que se sabía que si Branca había heredado Logudoro era porque primero había
cosido a puñaladas a su suegro Michele Zanca—,
a reclamar los servicios de un amanuense que era a
la vez, no lo olvidaba, prisionero de guerra de la familia, etcétera, etcétera, pero se veía forzado a señalar que la administración andaba corta de escribas, razón por la cual no iba él a ceder el propio,
mucho menos en esa semana, la segunda de abril,
en que empezaba a reactivarse el puerto y no se daba abasto con el papeleo. Dicho esto, el juez tomó
a Rustichello de un brazo, abandonó el edificio y
comenzó a caminar hacia el Ponte del Vino, donde se acababa de suscitar un fuerte altercado entre
Bertoldo, el patrón de un leño plano proveniente
de Marsella, y un recaudador de impuestos a propósito de la carga que todavía estaba en la bodega.
El recaudador acusaba a Bertoldo de haber incurri-
do en fraude al descargar parte del vino en una playa próxima a Varagine para evadir la tasa portuaria, e insistía en que, en su opinión y dado que se
trataba de un negocio que concernía a Corrado
Spinola, correspondía llevar el asunto a consideración del *capitano* en persona, que se encontraba

con seguridad, en su casa de Luccoli, o en Serravalle, tratando los asuntos de las paces con Venecia con el emisario de Matteo Visconti que había llegado en la víspera. Bertoldo, por su parte, esgrimía el *manifesto* con la mano izquierda —la derecha había desaparecido hacía tiempo en las aguas del Bósforo y en su lugar había un estupendo gancho— y se quejaba amargamente de lo engorrosos que se habían vuelto los trámites en ese maldito puerto. El juez dijo que la cuestión debía resolverse allí mismo, en el *pontile,* y que tenían para eso todo el día. Rustichello se calzó la silleta.

El escriba suspiró y chupó la pluma. Se preguntó si su destreza escrituraria, que al parecer había desarrollado hasta un grado excelso, ya que era tal la demanda por sus servicios, no terminaría por acarrearle inconvenientes. Tal vez le convendría empezar a afear la letra. ¿Sería inagotable el don de la escritura? —se formula la íntima pregunta mientras afina la punta del cálamo con la cuchilla—, ¿o más bien un don medido, parco, una dosis para cada escritor, en estricta justicia, con lo que él posiblemente, tan pródigo en textos, acabaría por quedarse corto de trazos mucho antes de concluir la obra? Terminó de afinar la punta cuando el juez de las calegas se disponía a dictar el encabezamiento.

Fue en ese instante cuando giró la cabeza y vio que desde el muelle de los Stregiaporco, cruzando ya la *raybetta* vieja, avanzaba un grupo de viajeros ilustres recién desembarcados de una galera provista de músicos y adornada con pendones. En el centro iba un hombre alto vestido con una

túnica de mangas anchas, que hacía ondear a un lado y a otro con movimientos ampulosos, y un
manto de terciopelo gris. Buscarello Ghisulfo. El
pisano lo reconoció de inmediato. El *qordi* perse-
veraba en su inconfundible aire oriental, más acen-
tuado que el de cualquier genovés de las colonias
del Mar Negro, un cierto modo de llevar la barba
y el cabello, de volcar el manto sobre el hombro izquierdo a modo de peplo, de enseñar las sortijas
—una, hasta dos, en cada dedo— y, sobre todo, de
exhibir el delicado cartapacio de piel de lince que
le colgaba del hombro y que se hamacaba a medida que el dueño hacía avanzar sus escarpines sobre
las piedras de la Ripa. Cartapacio que —¿quién lo
duda?— estaría ocupado por determinadas misivas, altas misivas, de tan encumbrada pluma, entiende el pisano, que el diplomático no podía aban-
donarlas en ningún momento. En un cartapacio así
desearía él poder guardar su libro cuando llegara el
momento de arrancarlo de la pechuga de Eudoxia
y mostrarlo al mundo. Volvió a sentir, como cada
vez que había visto al emisario, una mezcla de envidia y hermandad, una ligazón, espontánea y secreta, entre él y ese otro hombre: ambos eran gente de corte, ambos refinados, ambos, en última
instancia, custodios de la palabra escrita. Esa co-
munidad de naturalezas lo impulsó a saludar el paso del viajero con una reverencia.

Ghisulfo no dio señales de reconocerlo. En
un primer momento pareció que sí, porque le ro-
zó el pómulo con los ojos al tiempo que movía la
mano en el aire, pero luego, enseguida, ya fue di-

fícil discernir si el saludo iba dirigido a él o más bien al juez de las calegas, que desde la cubierta del leño pedía a los gritos un mensajero para Serravalle. Rustichello fija los ojos en el cartapacio, cuyo vaivén lo cautiva. ¿Sería ése su embajador? ¿Sería el embajador que convenía al libro? En ese carácter lo había incluido en su plan originario. Era público que el hombre se desempeñaba con astucia, y que como emisario de los persas —su estrella parecía haberse apagado con la muerte de Argún pero ahora de nuevo se lo veía remozado, triunfante— seguía encontrando las puertas siempre abiertas. Gozaba incluso de hospitalidades rivales: la del Papa y la del rey de Francia, la de Eduardo y la del escocés Wallace, la del Rengo y la del rey Jaime, y todo al mismo tiempo, lo cual resultaba insólito, hasta milagroso. En ese sentido, concluye Rustichello mientras endereza el torso, y pensando en la difusión del libro, era sin duda el mejor embajador, en particular en Londres y en París, donde las cortes estaban pobladas de gente curiosa y amiga de novedades. A todos y a cualquiera podía llegar el *qordi*. Pero también, se cuestiona Rustichello y se responde a sí mismo de inmediato, había que tomar en cuenta que se trataba de un genovés, y además de un hombre escurridizo, lo que suponía una desventaja. ¿Pondría ese hombre el empeño necesario en ensalzar su obra? Y, en caso de ponerlo, ¿no se sentiría tentado a adueñarse de ella, despojando a su verdadero autor de la justa fama? Para el momento en que el dilema terminó de desenvolverse en toda su crudeza, y mucho antes de que el pisano pudiera dividirlo prolijamente en *lectio, quaestio* y *disputatio*, que es algo que piensa dejar para la cátedra, el Ghisulfo ya había terminado de atravesar la Ripa y se alejaba con su comitiva ciudad adentro.

Dos días después volvió a verlo en el *cortile*. Venía del bracete con su primo, un influyente benedictino, con el que conversaba animadamente. Lo seguían su hermano Percivalle, su sobrino Corrado, un eunuco, el cómitre de la galera que debía transportarlo a Aigües Mortes y cuatro estibadores gibosos. Si bien el pisano no había resuelto aún el dilema ni decidido los pormenores de la gestión que debería cumplir su embajador llegada la instancia de dar a publicidad la obra, tenía claro que, si quería dejar allanado el terreno para una colaboración futura, debía entrar en conversaciones cuanto antes. Y lo mejor sería una conversación que vinculara a ambos, de manera inequívoca aunque no del todo precisa, con los asuntos de Oriente. Eso establecería un piso común para ulteriores acuerdos. Podía aludir a la aduana de Kiansai, por ejemplo, que era un tema que ahora conocía bien, y señalar que se recaudaban allí más besantes de oro en un día de los que lograban juntar los recaudadores genoveses en todo un año. O aludir a los ríos de doce mil puentes en los que navegaban quince mil barcos. O recordar las dos lindas torres de oro y plata con campanitas que había mandado construir para sí el rey de Mien. Pero sobre todo podía, y debía, dejar establecido, desde la primera frase, que todo, absolutamente todo, cualquier cosa al oriente de Constantinopla que ellos pudieran mentar, pertenecía al Gran Khan, incluso todo lo que pertenecía al Señor del Levante, ya que el Señor del Levante era sólo un lugarteniente del Gran Khan, de modo que, en ese sentido, y sin mella de duda, messer Buscarello Ghisulfo, que actuaba como embajador del Señor del Levante, debía obligadamente prestar respeto a messer Polo, como embajador del Señor de Todo el Mundo que había sido, y seguía siendo, y hasta manifestar algún reconocimiento hacia él mismo, Rustichello de Pisa, quien, por el solo hecho de ser el encargado de poner letras a ese mundo, merecía ser considerado también embajador del Señor de Todos los Señores, por carácter transitivo.

Rustichello se da cuenta de que va a ser difícil incluir todas esas consideraciones en una única frase, y no cree tener la posibilidad de una segunda, ya que el Ghisulfo camina a paso vivo y en pocos minutos estará sumergido en una oficina, de modo que resuelve saltear la aduana, los puentes y las campanitas, de los que, es posible, el emisario no haya oído hablar jamás, para abordar el asunto medular del cotejo de poderes. Se aclara la garganta, inclina la cabeza, saluda, y le dice al *qordi* algo somero pero contundente acerca del viaje de Cocachín, la prometida del rey Argún, que los Polo habían llevado desde Catay hasta la India y Trebisonda. Cuando termina de hablar se da cuenta de que no está seguro de la ubicación de Trebisonda, teme haber resultado confuso. Para aventar la confusión resuelve ir derecho al grano e introducir el tema principal de su alocución: el libro, lo único que de verdad interesa, la obra, a la que llama, alternativamente, *opus magnum, imago mundi, liber librorum, liber mirabiliorum* y *devisement du monde*. Esta última denominación es la que más le gusta, la encuentra espléndida, irresistible, y la sostiene en los cornetes de la nariz ya sin ningún esfuerzo.

Lamentablemente el emisario no le presta atención. Ha girado el torso hacia los estibadores y les da indicaciones precisas referidas al traslado a la bodega de los ciento veinte tapices y las jaulas con aves —faisanes de la India y pavos reales en su mayor parte—, que han de ser repartidos más o menos equitativamente entre los monarcas que aguardan su visita. Discute el precio del acarreo y recomienda cuidado. Comenta por lo bajo al primo que, de no haber sido por las aves, que eran difíciles de transportar, habría hecho mejor en viajar a Francia por tierra, ya que las montañas, por altas que fueran, eran más fáciles de remontar que los trámites portuarios. Sólo entonces se vuelve hacia el pisano. Sonríe y señala que cualquier detalle vinculado con la ex prometida del rey Argún carecía por completo de interés dado que Argún había sido envenenado por Kaikatu hacía más de siete años, y Kaikatu a su vez por su tío Baidu hacía más de cinco, y que aunque Gazán, el hijo de Argún, había puesto fin a la sarta de usurpaciones y se había hecho cargo de la novia, y de eso hacía ya unos tres años, ésta no había resistido mucho a su lado y, en la flor de su edad, había muerto, decían algunos que de aburrimiento. El abad interviene con una cita en latín, que Rustichello no alcanza a descifrar. Ghisulfo musita algo en la oreja de su primo, y los dos ríen.

Rustichello no ha logrado determinar a ciencia cierta si el *qordi* ha comprendido la misión que va a encomendarle —tiende a pensar que sí—, pero considera que ha dado un gran paso adelante. El haber tenido que imponer al embajador de la existencia del libro, la breve alocución con que había dado cuenta de él, los distintos modos en que lo había nombrado, le han hecho pensar, por primera vez, que, en efecto, hay un libro. Que el libro está allí, es sustancia, y que así como ocupaba en ese momento un sitio recóndito en el cofre de Eudoxia, luego ocuparía otro, expectable, en el atril de un príncipe. Que eso que había sido su tarea, su hacer, su cotidiano, las hojas montándose unas sobre otras, las letras persiguiéndose, enlazándose, enfilando los renglones, terminaría por concentrarse, amalgamarse, cuajar y cobrar autonomía. Al fin, lo hecho quedaría ligado a su hacedor por apenas una última letra, un último trazo, y luego por nada, ya que habría un día —¿cuándo?, dentro de algunas semanas, acaso un mes, o dos, no lo sabe— en que la obra terminaría de soltarse y se sostendría sola en el mundo, *forma subsistens,* separada de su mano. De trayecto y trabajo, quehacer y esfuerzo, que había sido hasta entonces, se convertiría en ofrenda, algo precioso para envolver en seda y mostrar. La idea lo excita y lo llena de pánico. Para cuando el *qordi* regresase, el libro ya estaría completo y anudado, hablaría por sí mismo y no necesitaría más presentación. Rustichello vislumbra el final del viaje y se precipita hacia allí, querría que Polo le relatara todo lo que falta en una única noche, aunque sabe que eso no es posible.

A mediodía los venecianos del Palazzo fueron llamados a una reunión con un compatriota de los que habían intervenido desde el principio en la gestión de rescates, que los puso al tanto de las conversaciones entre las ciudades. El tratado de paz estaba avanzado. En ese preciso momento, en Serravalle, se estaban conviniendo las condiciones, y se aseguraba que no habría humillación ni menoscabo. Era de sumo interés para el Papa que las hermanas marineras, Génova y Venecia, Venecia y Génova, reina del Adriático una y reina del Tirreno la otra, señoras por igual de barcos y de bancos, resolvieran sus discordias antes que acabara el año para que nada empañase los festejos del Jubileo. El señor de Milán ofrecía las garantías. Los notarios se ocuparían de listar con justicia reparaciones y rescates. Se confiaba en que las negociaciones, que habían dado sus primeros brotes en el invierno, ahora, llegada la primavera, echarían flor, y luego fruto. Algunos de los que escuchaban se imaginaron celebrando la fiesta de San Juan en el Rialto, o desnudos, metidos hasta la cintura en el agua del Gran Canal. Hablaban en véneto y a viva voz, quitándose la palabra unos a los otros. Sólo Marco, aunque atento, guardaba como siempre una distancia.

Rustichello no tenía fe en las tratativas de paz. Había languidecido catorce años esperando que prosperaran las que se habían iniciado inmediatamente después de Meloria, él al igual que el resto de la cofradía de los encarcelados pisanos, con el Donoràtico a la cabeza. Sin embargo, se daba cuenta de que Curzola no era Meloria, y que Venecia, aunque derrotada, no había sido aniquilada como Pisa, ni tenía Venecia enemigos tan cercanos como Pisa, rodeada de güelfos ladinos, solitaria en la revuelta Toscana. Era sin duda más probable la paz con Venecia que la paz con Pisa. De ser así, su veneciano, y todos los venecianos, regresarían a casa. La idea, que en otro momento lo habría desasosegado, no lo perturba. El libro está casi completo. Será cuestión de apurar el trámite, simplemente. La noche anterior el veneciano le había anunciado la pronta llegada a la India, y después de la India, había dicho, sólo quedaba el País de la Oscuridad. En esa circunstancia, tal vez lo mejor fuera redondear, pedirle una síntesis del viaje, de cómo había empezado todo principalmente, que era algo que nunca había terminado de explicarle, de cómo los viejos Polo, Maffeo y Niccolò, habían viajado por primera vez al Oriente y se habían hecho amigos del Khan, de cómo se les había unido luego él, Marco, entonces casi un niño, de la intervención que había tenido el Papa en toda esa historia, y también del regreso con la princesa Cocachín y, finalmente, la catástrofe de Trebisonda, que no podía faltar. De esa manera tendría asegurado el soporte general del relato, que podría servirle de presentación y prólogo, y si acaso la paz se precipitaba y perdía súbitamente a su socio, nada esencial faltaría en la obra, salvo, acaso, alguna comarca.

El veneciano, que estaba algo animado esa noche, estuvo de acuerdo en resumir el comienzo y el final del viaje. Tribulí, una escudilla, la cátedra y el cadáver de la gaviota, que había superado la etapa de olor intenso y empezaba a secarse y a ennegrecer, sirvieron para señalar el circuito.

Rustichello pasea la mirada por el contorno de la celda, en la que han quedado incluidos el regreso y la partida, y también el viaje, con Karakorum y Cambaluc y Xanadú y los diecisiete años de embajadas y las doce mil islas, y el Mar Océano y todos los demás mares, y Constantinopla y Trebisonda, y los unicornios y las cañas estallantes del Tíbet que ahuyentan a las fieras, y las serpientes con patas, y los tejedores de cendal y los cazadores de diamantes, y todo el poder del Khan y del Papa y de los reyes, y los hombres en sus barcos y en sus ciudades, yendo y viniendo, comprando y vendiendo, siempre en guerra unos con otros, porque no pasaba un día en que no hubiera una rebelión, una traición, una pelea, entre tártaros y tártaros, tártaros y sarracenos, sarracenos y cristianos, güelfos y gibelinos, toscanos y toscanos, toscanos y genoveses, genoveses y venecianos, con cada tanto una pequeña paz y un *deogratias* que detenían por un instante el movimiento, hasta la nueva reyerta. Todo junto, en la celda. La mirada del cernícalo, que allí adentro se le concede al escriba por un instante mientras el veneciano despliega su apretada síntesis, que es la síntesis del mundo, permite que se vea incluso a sí mismo llevado y traído por los vientos, arrojado a Sicilia, expulsado de Sicilia, arrojado a Nápoles, expulsado de Nápoles, caído en Meloria, en Génova, sin poder prever cuándo y por qué se producirían esos desplazamientos. Se dice a sí mismo que esa mirada es un privilegio, y sabe, sin que la menor duda conmueva la lisa superficie de su certeza, que entre todas las cosas que el cernícalo divisa hay un libro, que ese libro lo contiene todo y que deberá llamarse así justamente, por fin lo ha decidido, *Le devisement du monde.*

Grandes príncipes, emperadores y reyes, duques y marqueses, condes, caballeros y burgueses... Cree recordar que así comenzaba su Meliadus. ¿O era el Gyron?... Duques y marqueses, condes, caballeros y burgueses y personas de toda condición que deseéis conocer la diversidad de las razas humanas, así como los distintos reinos, provincias y comarcas de todas las partes del Oriente, leed este libro... tomad este libro y pedid que os lo lean... Grandes príncipes, emperadores y reyes, duques y marqueses, condes... porque este libro es un libro verídico y sin engaño.

Ciento doce pliegos

Los deshielos de la primavera habían hecho desbordar una vez más el cauce del Polcevera y el torrente había arrastrado un puente de los más transitados, a cuya reparación los Hospitalarios de San Giovanni di Prè, sensibles a las razones prácticas, no habían vacilado en asignar los fondos de las colectas pías reservadas originariamente a la manutención de los leprosos. El percance, que había dado lugar a una esclusa transitoria donde era posible capturar peces de agua dulce en abundancia, fue uno más de los que matizaron la rutina de los genoveses, siempre animada por esa época del año.

En el *contado,* en los jardines y huertos, los siervos y los campesinos habían vuelto a doblarse sobre la tierra. Completada gran parte de la escarda, así como la cosecha de los frutos tempranos y la poda de los viñedos, inseparable del trabajo de calzar y descalzar los pies de las cepas para mejorar el rinde, había llegado el tiempo de las pariciones, y pronto llegaría el de la siega, que se cumplía bajo el signo de los Gemelos, con un ojo atento a los golpes precisos de la hoz y el otro a los animales encerrados en los corrales ya que los lobos andaban hambrientos y se aventuraban hasta los límites de las murallas. Los señores, por su parte, aprovechaban las mañanas claras para salir de caza y las damas para pasearse entre los bosquecitos de siemprevedes. La ciudad despertaba, anhelante, aplicada con diligencia a fornicar, despiojarse, sacudir la paja de los jergones, celebrar a su patrono San Jorge y agradecer los dones que puntualmente recibía de la estación pródiga. Abril era el mes de las flores y el arado, mayo traería la miel y los pichones. De nuevo los macizos silvestres habían teñido de colores los huecos de las escarpaduras, y entre todos sobresalía el amarillo radiante de las retamas. Hasta allí habían trepado los físicos en procura de ingredientes para sus mixturas, abriéndose paso entre matas de brezo y hierbas perfumadas. Como todos los años, había regresado el incansable *nibbio* migrador. Ya consumado el magnífico vuelo nupcial, anidaba otra vez, celoso y vigilante, en la copa del árbol más alto o en el vértice solitario de una torre, sus dotes de predador intactas: cuando se cansaba de limpiar de ratones los campos, emprendía incursiones rasantes por la orilla y les arrebataba a los pájaros marinos los peces capturados.

Por los días en que se completó la reparación del puente ingresó a puerto una coca de alto bordo, inmensa y blanca. Era una presencia aterida, una rémora del frío. Sus castillos tenían la apariencia de bastiones de hielo, a punto de derretirse en la bahía soleada. Hostil a la vecindad del Mandraccio con su animación y sus gritos, lo rehuía como un animal huraño que se sabe examinado. Las jarcias, se dijo, estaban trenzadas con piel de morsa. Del casco de tingladillo asomaban hombres de pelo rojo. Se demoró sólo lo necesario para embarcar aceite e higos secos, ansiosa por ganar el Mar Océano y hundir de nuevo el alto tajamar en las aguas glaciales del norte, mucho más de su gusto. Cuando por fin zarpó e hizo proa a las columnas de Gibilterra, pareció llevarse consigo el último rezago del invierno.

Los mirones que la coca había atraído a la Ripa se desplazaron hacia San Marco para asistir a la agonía de cuatro piratas capturados cerca de Portovenere y colgados de las manos en la *piazzetta* frente a la iglesia. Parte de la distracción consistía en intercambiar apuestas sobre cuál de ellos iría primero a dar cuenta de sus crímenes ante el Señor, privilegio que le correspondió al más viejo, un vástago del famoso Durante, muerto en el mismo lugar y del mismo oficio muchos años atrás.

Rustichello percibía todo ese ajetreo casi de memoria, de espaldas tanto a las labores del campo como a las novedades de la orilla, con la indiferencia sagrada de quien tiene la mente y las manos ocupadas en cuestiones más altas. A la par que en el libro, trabajaba en el mapa bajo la alfombra. Tiempo atrás había decidido ya limitar el número de ciudades a las más importantes, no por falta de voluntad sino de espacio. La noche en que por fin ubicó a la poderosa Calatu —la muy favorecida por la proximidad de un gran golfo— en un extremo de la línea de mosaicos, y cerca de ella a Dufar —la noble, pródiga en incienso—, reparó en que la disposición del mapa contradecía el derrotero del viaje: había avanzado con los trazos y las cruces en dirección al poniente real, no al levante, de modo que en la eventual circunstancia de que las ventanas de la cámara se abrieran un día, o en la menos probable de que las paredes repentinamente desaparecieran, alguien, allí, mirando el mapa, se habría sorprendido al ver que el confín oriental del mundo coincidía con el crepúsculo detrás del faro. El pisano no le asignó importancia al hecho, mucho menos estaba dispuesto a permitir que algo así lo distrajera al final de la ruta.

Mientras los genoveses se internaban en los días cálidos, Rustichello y el veneciano se internaban en las tierras heladas del Septentrión, en el País de la Oscuridad. Avanzaban a la par, jinetes estoicos, con la misma confianza que sentían los tártaros cuando en esas regiones encomendaban sus vidas al instinto de las cabalgaduras, todas yeguas recién paridas que, en el impulso por volver a reunirse con sus potrillos, le había contado Polo, encontraban a ciegas, sin vacilar, el camino de regreso. El pisano pidió acelerar la marcha: en junio comenzarían a llegar los barcos de las colonias y el libro debía estar terminado para entonces, ya que no dispondría de más tiempo para dedicarle. En junio el puerto se conmocionaba. La flota de la Superba, que había zarpado en el otoño e invernado lejos del hogar, volvía al final de la primavera con las bodegas repletas. Las naves, las galeras, los burcios de tres palos, los cárabos, las galeazas, se apiñaban en la rada como bazares flotantes, ostentando la buena fortuna. No había un solo genovés indiferente a eso: los ricos, los pobres que participaban en la *commenda* de los ricos, las viudas, los huérfanos, los frailes, todos, en mucho o en poco, habían hecho su apuesta al mar. En esos días el Palazzo del Mare y el del Molo hervían de actividad. Los magistrados de la Aduana y los responsables del puerto recaudaban impuestos a manos llenas, y él iba de una oficina a otra sin respiro, detrás de notarios, mercaderes y cómitres vociferantes, con los enseres de escribir a cuestas, y la silleta, que ya más parecía un apéndice que le hubiera crecido a expensas del cuerpo.

El pisano expuso a Polo las razones que urgían a terminar el libro un atardecer, mientras las campanas tañían el *angelus* de la víspera de Pentecostés y ambos hacían uso al mismo tiempo del orinal de la celda. Rustichello estaba emocionado: sintió que compartía con su socio un instante de intimidad, grave, fraterna. Imaginó que se encontraban entre los pastizales de Karakorum soltando aguas bajo las estrellas, departiendo como felices camaradas de correrías. Se esforzó por prolongar el momento cuanto pudo. Entretanto, habló del caos de los días por venir y de la fajina en que lo sumirían los barcos en cuanto comenzaran a vomitar bultos de las bodegas sin fondo —¡increíble lo que les cabía dentro, messer Polo!— y todos acudieran al puerto a embolsar su porción, ¡viera a los poetas contando monedas y discutiendo el precio de un caballo!, como si ésa fuera la recompensa celestial a sus virtudes: no por casualidad el difunto Arzobispo, que después de todo también era genovés, les había enseñado que Cristo era un mer cader que piloteaba la nave de la Cruz para procurarse los bienes que tanto escaseaban en el alma de los mortales; eran días esos en que nadie en el Palazzo conservaba la cordura, y a Carabó se le iba la cabeza detrás de las pieles sedosas de pelos larguísimos que se apilaban por todas partes, según él dignas sólo de la Papisa —Rustichello sacudió la última gota de la entrepierna—, pero demasiado custodiadas para sus uñas.

El veneciano prestó la misma atención a lo que el pisano vertía en sus oídos que a lo que vertía en el bacín. Algo de todo eso, sin embargo, pudo haber calado más hondo a juzgar por el relato que siguió, nacido, como ya había sucedido otras veces, de una conjunción casual de estímulos, que en este caso incluía con seguridad el desaguar de las vejigas. Comenzó explicando que en la gran Rusia las pieles eran tan abundantes que las de marta se usaban como calderilla, y que el hecho de que se encontraran allí las más espesas se debía a que el frío era el más intenso de cuantos se podían sufrir en un lugar del mundo. Los pobladores no habrían podido moverse de sus casas de no haber sido porque cada sesenta pasos exactos —Polo caminó y contó seis pasos, que resultaron el ancho de la celda— había gigantescas estufas donde refugiarse, y si no salían de ellas bien rescaldados, se congelaban antes de llegar a destino. Solían reunirse en las tabernas para beber un vino hecho de miel y panizo llamado *cervogia,* y de estas libaciones participaban todos, hombres, mujeres, sus niños y criados, todos bebían copiosamente el día entero, y cuando una mujer quería expulsar lo bebido acudían en su auxilio dos doncellas, y mientras una fingía darle conversación, la otra se le metía debajo sosteniendo una esponja donde ella liberaba las aguas. En cierta ocasión, la necesidad asaltó a una de esas señoras camino a su casa, y al acuclillarse para orinar los pelos de su mechón pudendo se congelaron de inmediato y quedaron pegados a las hierbas del terreno, y ella sin poder liberarse, por lo que acudió en su auxilio el marido, que le sopló aire en la zona para fundir el hielo, y, por desgracia, la humedad del soplo se transformó a su vez en hielo, y los pelos de la barba se pegaron a los de la mujer, con lo que tampoco él pudo moverse.

Rustichello se rió sin disimulo. Era una risa vieja que le trepaba hasta la garganta como venida del fondo de un barranco. El relato de Polo le pareció del todo fuera de lo ordinario, era la primera vez que el veneciano contaba algo jocoso, aunque lo hubiera relatado con el mismo tono que días atrás el martirio del apóstol Tomás. Al escriba se le representó la escena con increíble nitidez. Quería más detalles, pero se cuidó de hacérsela repetir al veneciano recordando cuánto había empalidecido la historia de los soldados de Kermán, así que él mismo la completó *in anima* hasta que pudo contemplarla dentro de sí con placer. Su flamante instinto de narrador la juzgó muy buena, útil probablemente. La atesoró. En cierto momento tuvo la ocurrencia de remedar la postura de los rusos y lo hizo con tal torpeza que hasta el veneciano se sonrió. Tribulí lo observaba. Tampoco esta vez dio señales de entender algo pero se sintió estimulado a desplegar una de sus pantomimas: ladró como un chacal, repartió panes y peces, mostró los tatuajes, se dejó caer al piso y luego se irguió en espiral como una planta trepadora. Después se enroscó entre sus trapos, pero no se durmió, desconcertado al ver que todavía no era la medianoche.

El pisano le preguntó a Polo cómo se habían liberado los rusos. Por lo evasivo de la respuesta, supuso que no se trataba de un episodio que el veneciano hubiera presenciado sino que lo había recogido de boca de testigos, tal vez en uno de sus últimos viajes como embajador del Gran Khan. Igualmente insistió en saber cómo había terminado la historia. Polo, de nuevo abstraído, deslizó una mano a través de la ventana y cerró el puño sobre una porción del viento africano espeso que pasaba frotándose el espinazo contra los barrotes y, más lejos, empujaba hacia el norte a una bandada de gansos.

—La primavera derritió el hielo —dijo.

El relato de la nieve se escribió, completo, con plumas remeras de cisne del ala izquierda, una ventaja que compensó en parte la falta de la pluma de cuervo, de la que Rustichello en ningún momento llegó a disponer, ni siquiera cuando más la necesitó, que había sido a la hora de componer el título, en el que había empleado letras con vaporosos ascendentes bifurcados, y a la de ultimar el dibujo de la carátula, es decir, ultimarse a sí mismo escribiendo, pese a lo cual la figura había quedado muy bien, muy del gusto del autor y modelo, bastante parecida al evangelista que había imaginado al comienzo.

Con esa historia, convenientemente adobada, cerraría el libro. Polo le había advertido que el próximo territorio a considerar era el que rodeaba el Mar Negro, demasiado conocido por todos. Y aunque después se arrepintió, reculó y cambió el rumbo, finalmente volvió a arrancar hacia allí con las guerras entre Alau y Barca y las disputas entre Toctgai y Nogai, y Tolobuga y Totamangu, que al no encerrar esta vez ninguna historia fatídica, a Rustichello le sonaron monótonamente iguales a las peleas del papa Bonifacio con Felipe y sus secuaces romanos, los Colonna. El mismo Buscarello Ghisulfo había traído de allá noticias más frescas que las del veneciano. Por otra parte, como ya había despachado el regreso de los tres Polo a Venecia, se sintió libre de cerrar el libro donde le diera la gana. Así que asunto decidido: *Le devisement du monde* terminaría con una historia peregrina. Después de todo, ésta también lo era. Intervendría no como las anteriores —instante de solaz en medio de la travesía, esparcimiento, oasis bajo el ardor del desierto, estufa en la nieve inclemente—, sino como broche final. Era corta, diáfana, a la vez con la firmeza necesaria para contener la sustancia del libro, y retenerla, e impedir que se derramara por la punta como barro blando, desgracia que, había comprobado, ocurría demasiado a menudo lamentablemente. Un final regocijante, además, era algo que cualquier lector apreciaría, sobre todo después de haber absorbido tantas revelaciones extraordinarias, tanta información, también tantos precios. Se le representó el *qordi* sonriente, en un salón de Londres, entre sentado y acostado en un mueble igual al de la cámara del *capitano,* mordisqueando maliciosamente la punta de la estola y recomendándole al cuarto hijo de Eduardo, el jovencísimo príncipe de Carnavon, la lectura de esa parte del libro. Una noche se despertó pensando —¡las dudas no soltaban la presa ni siquiera en el final!— si no habría sido más adecuado cerrar la obra con una historia dramática, del tenor de la del Viejo de la Montaña, o religiosa como la de los dientes de Adán o la piedra fulgurante de los Magos, o quizás un lance amoroso caballeresco que tuviera como protagonistas a individuos eminentes como sus destinatarios —se acordó de la hija del rey Caidu en lucha cuerpo a cuerpo con sus pretendientes—, y no a dos villanos. Pero nada de eso, ni parecido, se vislumbraba en el horizonte más bien chato de aquellos últimos tramos del camino. Por otra parte, no por divertida la historia quedaría excluida de la consideración de los hombres piadosos que buscaban en los libros enseñanzas y no la simple diversión. El lector de fe reconocería de inmediato el mensaje firme en torno a la torpeza de los mortales, la indefensión ante los elementos y la fatalidad que acaece a la carne débil sobre todo después de haberse entregado a excesos —reforzó la cantidad de *cervogia* que habían bebido los rusos—, y con buena voluntad hasta podría llegar a recomendarla como lectura doctrinal en los claustros para combatir el flagelo de la intemperancia. A la mañana se sintió molesto por haber dudado de la historia. Era perfecta.

La peripecia de los rusos evolucionó en una epopeya brillante. Mientras la tuvo bajo su pluma, todavía maleable entre los dedos, la aderezó con profusión de nieve, animales de crines blancas, gentes que corrían de estufa en estufa, hombres cojos y viejos convertidos en estatuas de hielo, esponjas gigantes, familias enteras de bebedores atrapados por los pelos en la escarcha, dando voces, mientras a su alrededor se ceñían cercos de fieras olisqueantes, y también pormenores graciosos y lúbricos que nacían de su propia, inmensa alegría: estaba terminando el libro. Derrochó palabras, tiempo, tinta y pliegos de vitela —usó sin control, y del lado bueno, los mejores que le cayeron a las manos—, abandonó toda precaución, casi no se ocultaba, y en la oficina de archivos, a la que ya raramente acudía, estuvo a punto de descubrirlo el novísimo juez de robos, el tercero en la sucesión de mandatos del *ufficio pro robariis* desde que había empezado todo. Cuando depositó el último folio debajo del busto de Eudoxia y recibió la mirada aprobatoria de su único ojo sano, advirtió que había escrito la mayor parte del libro entre dos ayunos, el de Adviento y el de Cuaresma, las dos puntas de la estación fría, y que lo terminaba en plena primavera. Eso instalaba la casi totalidad del trabajo en una esfera de santidad, entre la mortificación y el milagro, que le pareció por demás adecuada, y el final en otra, de signo opuesto, generosa en compensaciones, ubicada no por casualidad en la más pagana de las estaciones de la vida con sus promesas de perpetua renovación.

A la mañana siguiente, en un pasillo, un alcahuete del Donoràtico le sopló que Pisa firmaría un acuerdo por el que cedía a Génova un pedazo de Elba, toda Córcega y la parte más rica de la Cerdeña con sus salinas, ciudades, castillos, puertos y golfos, la eximía de derechos de aduana en todos sus territorios, se comprometía a no armar nuevos barcos y a no navegar más allá de Nápoles y de Aigües Mortes, y a pagar una gruesa multa por no haber hecho estas mismas cosas años atrás. La noticia, que en otro momento lo habría abatido, no alcanzó a mellar su optimismo. Regresó a la celda dispuesto a comentarle a Polo su asombro por la escasa diligencia de sus compatriotas a la hora de llevar adelante negociaciones, cualesquiera que fueran, y Polo, que por las noches seguía empeñado en el relato de las guerras del Levante, se le adelantó con otra noticia de tenor parecido y suerte distinta: el tratado de paz con Venecia estaba a la firma, era altamente satisfactorio para ambas ciudades, y él y sus compatriotas serían liberados, de no mediar inconvenientes, el primer día de julio, una vez cumplido el juramento de observancia. Rustichello recibió ésta con la misma tranquilidad que la otra. Optó por sumarlas a los ruidos que producía a diario la primavera genovesa, un poco más estridentes acaso. No se le movió un músculo de la cara, ni envidia tuvo, casi se alegró: ya no necesitaba al veneciano para nada, y en unas horas más se lo haría saber.

Esa noche Carabó sufrió un doble disgusto. Al malhumor que le producía la ausencia de la Papisa —había partido para su visita anual a Inés de Montepulciano, la santa toscana que por entonces planeaba erigir un monasterio sobre un lupanar—, se sumó el fastidio de tener que conducir a la cámara no un preso sino dos, y de los dos uno, el veneciano del gorro, al que siempre había tenido por el más parco, formulaba preguntas todo el tiempo. Para peor sus zapatos hacían ruido sobre los mosaicos, y la parla y los zapatos habían acabado por alarmar a un roedor, y el roedor a un perro de los que dormían entre los fardos del *cortile,* que se había puesto a ladrar, aunque el del gorro parecía no darse cuenta de nada, como tampoco el otro, su antiguo contrincante de mosca, que ni siquiera oía el estrépito de su propio corazón al batir, tan poderoso que el carcelero se había visto obligado a ordenarle que le hiciera guardar silencio.

Cuando Carabó cerró la puerta Rustichello aún tenía asido a Polo del ropón —de ese modo lo había arrastrado a través de los corredores— y la única luz que brillaba en la cámara era la piedra roja del diente. Minutos después el veneciano ocupaba la silla episcopal y ardían incontables velas. Unas negras y aplastadas, otras flamantes y de un marfil virginal, combadas o rectas, de todos los grosores y alturas, estaban desplegadas delante de él, en arco, sobre la mesa, o bien distribuidas por todo el recinto, aquí y allá, en equilibrio encima de los muebles. Entre todas, no habrían logrado convertir la cámara en la nave de la catedral de San Lorenzo la noche de Navidad, pero le permitieron al veneciano examinar las paredes del fogoso recinto y también seguir con la vista los movimientos del pisano cuando fue hacia el cofre, lo abrió y regresó a la mesa con su contenido, vacilando bajo el peso y dejando a su paso una estela de cera derretida.

—Messer Polo, *cy le livre.*

Ciento doce pliegos amañados con amorosa precisión. Lazos de tiento sobado finos como colas de rata —última contribución de Carabó a la causa— atravesaban la cubierta a lo ancho y a lo largo, muy prietos, como si el dueño hubiera temido que el viento los desparramara, justamente en ese sitio donde el aire estaba inmovilizado hacía años y las llamas de las velas permanecían tiesas como de yeso. Replegado a un rincón el viejo olor, cruza de esencias, madera dulce, mirra y telas ajadas, el de los pliegos se imponía, soberbio, a medida que el pisano los liberaba de su atadura, hasta que dominó por completo sobre los demás, incluidos el de las velas humeantes y el del seno de la Emperatriz junto al cual habían estado creciendo durante meses.

Polo observó el montón de hojas. Pareció llevarle un tiempo entender que estaba ante el compendio de sus relatos, la suma de los atardeceres en la celda, él contando, el pisano escuchando.

El orgullo del escriba era tan grande que no podía sino adoptar la forma de la modestia. Pero no logró sostenerla mucho tiempo. Comenzó a girar alrededor de la mesa. Levitaba.

Con precedencia a cualquier otra consideración se sintió en la necesidad de advertir que el aire a pecado del recinto, que messer Polo habría percibido apenas al entrar puesto que también él había conocido en carne propia a las griegas, no era responsabilidad suya, estaba de antes. Luego sí, pasó a desarrollar el primer tópico, que tuvo como eje la elección del título; hizo el ataque y la defensa, implacable, honesto, un casuista empeñado en ejercicio severo, mostró todas las alternativas que se le habían presentado, las ventajas e inconvenientes de cada una, de qué modo había descartado soluciones seductoras y por eso mismo fáciles, otras francamente insensatas, y cómo había llegado al resultado que estaba a la vista, el único posible, un título que no podía ser más abarcador ni más generoso ya que invitaba a los hombres a contemplar el mundo, y algo más grande que el mundo, dejando fuera por supuesto la luna, las estrellas quietas, los astros y las esferas músicas de Ptolomeo, no había. Agotado ese punto, obligó a Polo a reparar en la belleza de la portada y a continuación en la progresiva excelencia de la grafía: cómo la letra, al principio indócil y amilanada por años de labores miserables, había logrado erguirse y redondearse hasta alcanzar todo su esplendor, renacer de las cenizas como el fénix, a despecho de la penuria de los materiales, siempre escasos e inadecuados. Acto seguido —el orfebre exhibe al lego la pieza que acaba de cincelar, tan seguro de su valía que no tiene por qué privarse de señalar también sus defectos— pidió disculpas por los borrones. No se demoró mucho en eso y pasó a solazarse por anticipado con los elogios que cosecharía entre los copistas de ofi-

cio, no sólo por cómo había evitado el caos orde-
nando los pliegos según los hitos de su vida, sino
también por el procedimiento de hacer anotaciones al pie o al margen de los folios, identificadas
con números que había hecho coincidir con otros
insertados entre palabras, impidiendo así que la información añadida a destiempo, por pequeña que
fuera, se perdiera, o se perdiera el lector buscándola por todas partes. Aprovechó este punto para en-
fatizar el celo que había puesto desde el principio
en recoger todo, todo, hasta las migas del relato.

Polo seguía mirando la pila de folios. No
parecía especialmente interesado en los métodos de
copiado ni en los méritos de la portada —en el dibujo no alcanzó a reconocer a su autor, por lo que
tampoco acusó el desaire de no haber aparecido allí
también él, narrando, y no sólo el otro escribiendo—, sí, un poco más, en el contenido. Cada tanto adelantaba el cuello tratando de capturar alguna línea. Llegado a un punto y mientras el pisano
seguía zumbando a su alrededor con comentarios
incidentales como el referido a las demoras que le
había ocasionado la pérdida del plan, el ardid con
que había inducido al carcelero a cooperar, los pe-
ligros que entrañaban las incursiones nocturnas, los
ojos doloridos y el estreñimiento, que todo eso
también forma parte de un libro, messire, el veneciano se puso a leer. En silencio, con cautela, como
quien se interna en el agua fría.

Leía con esfuerzo, salteando páginas, abriéndose paso entre las tinieblas del francés de corte,
que casi no conocía, saltando por sobre las piedras

del provenzal, que desconocía por completo, mucho más tranquilizado frente al italiano ordinario y el latín, que emergían de pronto como pastos solitarios entre medio de un párrafo, a las palabras en véneto que era capaz de descubrir incluso debajo de la ortografía problemática, y a los vocablos que él mismo le había proporcionado al escriba en las diferentes lenguas que había frecuentado, aunque a veces el tiempo transcurrido entre la escucha y la escritura las hubiera erosionado hasta volverlas casi ininteligibles. Polo leía moviendo los labios, sin emitir sonidos. Rustichello lo contemplaba, absorto. San Agustín habría experimentado lo mismo mirando leer a San Ambrosio, al ver al santo recorrer con los ojos los textos sagrados y advertir que el corazón penetraba el sentido aunque la voz y la lengua permanecían quietas, *cor intellectum rimabatur, vox autem et lingua quiescebant.* Tampoco él habría osado perturbar ese momento, y, como Agustín, se habría retirado en puntas de pie, de haber tenido adónde ir. Desde las paredes, los cazadores, las vírgenes en procesión, el Buen Pastor, su rebaño de ovejas, los leones de ojos reprobatorios y, desde el cielo raso, los pájaros inverosímiles enredados en el follaje también seguían la lectura.

A veces Polo se rascaba la cabeza, negaba o asentía, fruncía el ceño o abría mucho los ojos.

Para entonces Rustichello estaba poco menos que montado sobre los hombros del veneciano, con una vela en cada mano, peligrosamente cerca del gorro de pelo, que acabó salpicado de goterones. ¿Qué le parecía el libro, messer Polo, en una lectura así, necesariamente incompleta, porque tampoco podrían permanecer allí toda la noche? Polo objetó algunos datos: los barones que formaban la corte del Gran Khan eran doce mil, no trece mil —trece eran las fiestas del año que el Khan había establecido para agasajarlos y trece también la cantidad de vestidos que en esos días recibían como regalo los barones—, el valor de cambio de los *asperi* de plata con relación a los ducados venecianos era mucho mayor, y el reino de los hombres que adoraban como a un dios al más viejo de la familia era Zardandán, no Bengala. Después preguntó qué eran unos números. El pisano reconoció el asiento con el contenido de la bodega del leño plano de Bertoldo, el del gancho, y el detalle de los precios. Pensó en un folio insertado al revés, pero al dorso no había nada, así que lo eliminó sin más. Lamentaba el descuido, dijo, que sólo podía atribuir a la falta de buena luz. De cualquier modo esperaba disponer aún de días suficientes para pasar trozos en limpio y si fuera posible hacer una copia nueva completa antes del regreso del Ghisulfo, luego le detallaría el papel que tendría el *qordi* en el asunto, aunque para eso debería trabajar tanto y a tal velocidad como no se atrevía a imaginarlo. Cuando el veneciano se aprestaba a retomar el texto, el escriba habrá pensado que ya había tenido suficiente porque le arrebató el libro y se echó a leer él mismo, a viva voz. Iba y venía arañando un surco entre la chimenea y el lecho desarmado. Cada tanto cerraba los ojos y cedía al placer de confiar una frase a la memoria.

De todos los fragmentos que le leyó al veneciano, puso especial énfasis en el de Trebisonda.
Quería mostrarle cuánto se había preocupado por
los suyos y por sus intereses, así que había descrip-
to el percance con la máxima crudeza resaltando la
iniquidad de los bandidos griegos para con los tres
viajeros, el sucio ardid de confundir sus voluntades
con la oferta de mujeres públicas y exagerando
cuanto le fue posible el valor de las mercancías sus-
traídas. En ese punto Polo fue terminante: debía eliminar el episodio en su totalidad. La suya era una
familia de mercaderes nobles, muy reconocidos en
la parroquia de San Felice y ahora en la de San Giovanni Crisostomo, y nadie debía pensar que habían
regresado a Venecia más pobres de como habían partido. Otros pasajes despertaron su interés, como el
referido al desierto de Lop y sus espíritus engañosos. Él mismo le pidió al pisano que le leyera el del
palacio de Xanadú y se mostró complacido al reen-
contrarse con detalles tan minuciosos como el de
las cañas atadas con cuerdas de seda. Frente a otros
no ocultó su sorpresa. ¿Había dicho él que el Unc
Khan era el Preste Juan? El pisano debió admitir
que no, en realidad no, pero tampoco había dicho
algo que contrariara esa afirmación. Tal vez messer
Polo recordara que aquella tarde, mientras relata-
ba la historia del primitivo señor de Karakorum, se
había quedado dormido, por ese motivo él se había visto en la tentación, casi en la obligación cris-
tiana, de aclarar de una vez y para siempre el misterio del famoso Preste, que, tal como venía la
historia, no podía ser otro que el derrotado Unc

Khan, para satisfacción del Papa, éste u otro. En el mismo pasaje, siempre en beneficio de la fe, había agregado nigromantes cristianos, como pasaría a comprobar de inmediato si es que le permitía continuar con la lectura que tanto le interesaba.

Polo apenas reconoció el episodio de los rusos en la nieve, tan raudamente había sobrevolado el pisano las varias páginas que ahora ocupaba, en previsión de las objeciones que su socio de *commenda* podría hacer a las mejoras introducidas. Al ver que el libro se interrumpía inmediatamente después, Polo preguntó si ya había incluido las guerras entre Alau y Barca, Nogai y Toctai. El escriba le aseguró que lo haría apenas tuviera un minuto libre. Podía regresar tranquilo a Venecia, él se encargaría del Levante y de todo lo demás, lo que hiciera falta. Entendía que la mayor preocupación de messer Polo debía ser la llegada del libro a los palacios —esperaba no haberse quedado corto con la dedicatoria—, pero podía confiar en que Buscarello Ghisulfo era la persona indicada para la gestión, ya tenía de él una media palabra, y estaría de regreso en Génova pronto, o bien para San Miguel —varias veces sus visitas habían coincidido con la recolección de las uvas—, o a más tardar para la Encarnación cuando, lo sabía de buena fuente, su primo benedictino sería ungido abad de San Siro, habría festejos en la casa de la Vía del Campo y la familia agradecida donaría fondos para erigir otro hospicio. Y una vez que el libro hubiera enseñado todo su valer, no pasarían más que unos días hasta que él, Rustichello de Pisa, fuera llamado a dar cuenta de la maravilla —no descartaba tener que abordar una nave que lo acercara en un primer tramo del viaje hasta Aigües Mortes o en su defecto Marsella— y cuando eso sucediera, podía estar seguro, el mundo reconocería el invalorable aporte de los relatos que le había proporcionado noche a noche, por eso la fama con su largo brazo enjoyado lo alcanzaría también a él. Mientras tanto se imponía la mayor discreción. Por el carcelero no cabía preocuparse: se mantendría mudo, además para él no había diferencia apreciable entre un libro y una escudilla.

El veneciano había reemplazado su aire ausente por una silenciosa concentración. Tanteaba el carbunclo con la punta de la lengua, y no porque un nuevo giro del relato lo obligara a azuzar la memoria. Cambiaba de posición en la silla, se acomodaba el gorro. Se diría que estaba ante interrogantes que no alcanzaban a transformarse en preguntas, vacilando quizás entre el estupor, el interés genuino, la desconfianza y la confusión de no poder determinar hasta qué punto ese montón de folios, cuya existencia hasta ese momento no había considerado ni siquiera probable, pasaría a incidir en sus días. El pisano lo ponía frente a un capital de especie y riesgo desconocidos. En cualquier caso, ya no pudo despegar la atención de los pliegos hasta que el escriba terminó de tensar otra vez los tientos sobre la cubierta.

Rustichello cargó el libro como una nodriza a un niño que hubiera sufrido una exposición demasiado prolongada, brutal incluso para su edad, y al que fuera necesario proteger considerando cuántas más le aguardaban todavía. Sintió que el veneciano, o cualquier otro que hubiera estado en su lugar esa noche, le había arrebatado algo al libro, no mucho, una profanación pequeña, menos consistente que la mácula en el ojo de Eudoxia, pero de la que era imprescindible resarcirlo devolviéndolo lo antes posible a la seguridad del cofre. Tiempo habría. Ya se adueñarían de él los lectores, muchos. Los lectores no le preocupaban al escriba, el libro mejoraría y crecería en salud cuantos más tuviera, pero se estremeció pensando en los copistas, prometió vigilar a su criatura cada vez que tuviera que pasar por las manos de alguno de ellos.

La alfombra de cuadriláteros dejaba a la vista las hilachas y los nudos que aseguraban la trama del lado del revés, y la misma alfombra los tragaba a medida que el pisano, de rodillas, la hacía girar convertida en un rollo macizo. Sobre los mosaicos, las ciudades, Samarcanda, Tiflis, Nanchín, los golfos, los ríos de carbonilla, la montaña de Altai donde descansaban de todas las fatigas los khanes tártaros. En Pisa, un día, siendo un muchacho, Rustichello se había encontrado de pronto en un jardín cercado. Había flores, vides frondosas y animales provenientes de tierras lejanas, amistosos y confiados, había doncellas de gran belleza y ademanes gentiles cubiertas de adornos y vestidos delicados, también muchachos, poco mayores que él, que hacían sonar toda clase de instrumentos con melodías encantadoras. Eran músicos, flautistas y citaristas. Uno de ellos contaba historias. No había confusión, nadie hablaba excepto el narrador, sino que todos escuchaban en silencio. Las historias eran extrañas y hermosas por las palabras, por el timbre de la voz y por las melodías que las acompañaban. Ninguna que él, Rustichello, pudiera comprender, pero igual que los demás, era incapaz de sustraerse al hechizo. El jardín era la fragua del relato, el lugar donde el narrador reunía todos los hechos usando todas las palabras, los vertía en los oídos de los otros y era celebrado por eso. El tiempo estaba detenido en una primavera perpetua, nada podía apresurar o corromper su transcurrir, como nada podía alterar aquella paz. Tanta dulzura, tanta, nunca la había conocido antes. Ahora volvía a él la visión de aquel Edén y otra vez su corazón se demoraba en el mismo instante de gozo. No había llegado hasta aquí por casualidad sino después de haber atravesado todos los estadios del Purgatorio, pero, como entonces, se sentía a salvo de todo mal, de las amenazas y los saltos bruscos del destino, hasta los malos recuerdos retrocedían. El mapa era su jardín, él era el narrador, el auténtico viajero. Hasta donde la vista era capaz de abarcar, el mundo estaba completo. Contenía por fin todas las aves, también las gallinas con pelo, todos los mares que rodeaban la Tierra, todos los hombres, incluido Tomás, el apóstol que más lejos había llegado con su palabra, y todas las maravillas que nadie había conocido antes. Su *panino* se había ensanchado hasta albergar todo eso y había tomado la hechura de un libro. Los que siempre habían querido saber más acerca del mundo no olvidarían. En el centro del mapa, todavía de rodillas, trazó una cruz con el nombre de Jerusalén. La ceremonia hallaba al oficiante descarnado y haraposo, pero satisfecho como un buda de piedra, en estado de gracia, irradiando luz por los agujeros y los poros, un mago que remataba con un gesto de fe su pase más festejado. El mapa, al fin, no era más que una representación, un reflejo ilusorio, y, desde que había un libro, innecesario.

Enseguida se irguió, se sacudió el polvo de las manos, volvió con la suela del zapato la alfombra a su lugar, y el mundo desapareció.

Toda la historia humana se divide en cuatro estaciones: el tiempo del error, el de la renovación, el de la reconciliación y el del peregrinar, que es éste, en el cual vivimos siempre como peregrinos en batalla.

La partida

—*L'oxell, l'oxell…*

La que corre preguntando por el pájaro, ida y vuelta entre el embarcadero de la Cava y el mercado del aceite, es Sabina, *pediseca* en casa de los Della Volta. Como al correr se recoge la falda y muestra las pantorrillas, y además lleva el cabello rojo sin cubrir, los estibadores quisieran echarle mano, pero doblados bajo el peso de los fardos no alcanzan sino a echarle frases entre dientes. *L'oxell* que busca Sabina es un halconcito, un neblí, dócil y hermoso, de los que llaman «doncella», blanco casi del todo con dos plumas de un azul tenue en las timoneras, que se escapó del huerto de la casa mientras lo alimentaba. Es el favorito de su ama, que no quiso entregarlo al halconero a pesar de que está por hacer su segunda muda, porque dice que un neblí tan gracioso y tierno, con esas plumas de seda, no puede quedar en manos que no sean las suyas. Le ha colgado, como conviene a su especie, dos pequeños cascabeles en las patas, y le ha enseñado a comer pan de su palma y a rozarle los labios con el pico.

La *pediseca* sigue llamando, atenta al cielo, mientras lanza ruegos a San Ugo, el milagroso, que en estos días ha devuelto tantos hombres a los brazos de sus familias, para que devuelva también al halconcito. ¿Qué ha de ser de ella si no regresa? El ama la llenó de reproches por el descuido y puso en vilo con sus lamentos a toda la vecindad de San Torpete. Entre lágrimas, ha jurado que no podrá vivir sin su neblí, y que si no aparece, no asistirá a las fogatas de los festejos de San Juan sino que se quedará a llorar en un rincón toda la noche.

Detrás de Sabina, sólo por conformar al ama, han salido dos criados, y también ellos escudriñan el aire y preguntan por el pájaro. Pero en la rada, que es una selva de mástiles, atestada como está de barcos que escupen mercadería y de gaviotas vociferantes, y en el pandemónium de la orilla, donde poco espacio queda ya para andar entre tantos bultos, no son muchos los que prestan atención a la búsqueda. El ciego mendicante levanta los brazos al cielo, y los criados suponen que ha oído sonar los cascabeles del pájaro encima de su cabeza. Un centinela nocturno, que se entretuvo un rato antes de irse a dormir, asegura que lo ha visto sobrevolar la torre de San Damiano, después ir hacia la Dársena, y de allí, quién sabe.

De pronto el pájaro, que es apenas un punto, aparece planeando sobre la bahía. Desciende, amaga con posarse sobre el puño de un remo, luego sobre un calabrote, pero enseguida vuelve a remontar vuelo, y durante un breve trecho acompaña el curso de una gabarra que viene de Capo di Faro sorteando con dificultad las embarcaciones fondeadas. La *pediseca* redobla los gritos al verlo, los criados silban imitando el llamado del halconero, pero las voces se pierden en el barullo de la Ripa. El pájaro queda un instante colgado del aire, roza el techo del Palazzo del Mare y se dispara en dirección a la colina de Albaro. Pero antes de internarse entre los frutales, tuerce el rumbo y regresa al puerto. Explora el aire describiendo círculos amplísimos, luego cada vez más pequeños. Baja hasta confundirse con las gaviotas y enseguida sube haciendo tornos. Se diría que juega y que eligió ese día de junio, cálido y radiante, para probar sus fuerzas. Entonces se precipita sobre una galera amarrada en el extremo del Ponte dei Legni, que está a punto de zarpar. Termina posado en la punta del mástil donde brillan algunos genovinos incrustados.

La galera pertenece a los Doria, ha sido reparada muchas veces y relegada al tráfico con la Cerdeña. Debió haber salido al amanecer, pero el capitán, en espera de que cediera el siroco, que les soplaba en contra, les secaba las gargantas y les ponía los nervios a la miseria, había retrasado la partida. Unas horas nada más. La carga y la tripulación estaban listas desde el día anterior. En la bodega se estibaron muselinas, dagas y madera de boj recién llegada del Caspio —al regreso habrá con seguridad sal y grano— y en cubierta, a proa, en el puesto que habitualmente ocupan los mangoneles y las piedras de arrojar, se acomodó un lote de prisioneros, todos pisanos. Están bajo la vigilancia de la guardia personal de Branca Doria, quien le ha dicho a todo el mundo que se los lleva por no más de tres semanas para que presten servicio en tareas urgentes de la administración de sus fincas pero planea canjearlos en Civita de Terranova por Castruccio, el hijo menor de Sinibaldo Embrone, marido de su sobrina. Lo hace sólo en atención a ella, que lo reclama, y no porque estime en algo a su pariente, que ha comprometido la armonía de los negocios familiares en el Logudoro largándose a depredar la costa de Taras hasta hacerse prender por los pisanos de la Gallura. Branca considera que, antes de que el inmediato acuerdo con Pisa los obligue a devolver los prisioneros, bien puede echar mano a un puñado de ellos para liquidar el asunto de Castruccio, y de paso aprovechar el flete para la madera y las muselinas. Los prisioneros, veteranos de Meloria, esperan en silencio, acuclillados. Uno de ellos, que tiene la espalda ladeada, lleva tintero y plumas colgando del cogote. La orden de embarcar lo había sorprendido en medio de los quehaceres de escritura y no había podido, o querido, desembarazarse de los instrumentos. Había tenido tiempo apenas de recoger su manta, poner a su socio al tanto de la novedad y rogarle que tuviera a bien hacerse cargo de cierto libro hasta su regreso, manteniéndose siempre cerca de él, ahora que sabía dónde encontrarlo.

El capitán manda soltar los cabos y la galera empieza a deslizarse hacia la boca del puerto con el neblí en la punta del mástil. La gabarra que viene del Cabo, ya próxima, se detiene a esperar que complete la maniobra. Los prisioneros miran por última vez la ciudad y luego giran la cabeza hacia adelante, donde los espera el mar abierto. El del tintero y las plumas, que se ha puesto de pie, es el único que sigue mirando hacia atrás.

Junto al Palazzo, en la raíz del *pontile,* alborota un grupo de muchachas. Algunas son amas, a juzgar por los vestidos y los parasoles, y otras esclavas, que se afanan, como siempre, por evitar que los encajes de las señoras barran las suciedades del piso. No es sólo Sabina ahora la que llama al *oxell.* Las voces son muy agudas y llegan hasta la galera. El neblí repentinamente abandona el mástil, vuela hacia el grupo y se posa con delicadeza en el hombro de su dueña. Ella bate palmas, ríe, besa el pico del pájaro y lo saluda con nombres cariñosos. La *pediseca* se persigna.

Luego, sin apuro, todas enfilan hacia la casa celebrando el tesoro recuperado. En la curva del Mandraccio se encuentran con los criados. Están entretenidos observando al loco que acaban de desembarcar de la gabarra. Desnudo, los ojos desmesuradamente abiertos, sonríe. Un hombre joven lo lleva de la mano. El centinela, que también está ahí, afirma que fue el ver llegar tantos barcos juntos lo que le quebró el poco juicio que le quedaba. Lo habían encontrado en cueros girando como un animal de noria alrededor del fuego del faro.

Está tan abarrotado el puerto, son tantos los que llegan y es tanto lo que traen, que la noticia del centinela queda sepultada de inmediato en el cúmulo de regateos, discusiones por el control de porte y estiba, procedencia y carga, ofertas de cambistas, lectura de condiciones, reencuentros, buenas nuevas y llantos que saturan el aire. Los funcionarios ordenan, pesan, ajustan, arbitran. Vuelan los mensajeros, los vendedores se desgañitan, los notarios apuntan, los prestamistas cierran con fruición los cordones de sus bolsas llenas. En el Ponte del Vino un grupo de remeros reclama la paga, y los patrones sus depósitos. Dos inspectores corren detrás de un chico que se ha robado una merluza en el mercado. Un juez, nervioso, increpa a los tripulantes de los botes que evolucionan entre los arcos del Soziglia por haberlos cargado demasiado, poniéndolos en riesgo de zozobrar.

En una de las ventanas altas del Palazzo hay una figura encaramada a la reja. Sacude reiteradamente el gañote en dirección a la galera de los Doria, que ya sobrepasó la curva del Molo. Cuando se desprende de los barrotes, otra, tocada con un gorro, ocupa su lugar. Mira en la misma dirección, a la galera, y a la silueta ladeada, que todavía está de pie, hasta que la oculta la vela que acaban de izar.

En el año 1307
el mercader Marco Polo
hizo llegar una copia de
Le devisement du monde
a la corte de Francia
a través de Thibault de Cepoy,
vicario de Charles de Valois, el hermano del rey.
Por entonces circulaban ya muchas copias
de un compendio en latín,
obra de Pipino, erudito veneciano.
El libro alcanzó pronta difusión.
En la actualidad se conservan 85 manuscritos
que incluyen compendios,
fragmentos de antologías
y versiones completas.
Están escritos en francés, latín, italiano,
toscano, véneto, alemán e irlandés.
El manuscrito original no se conserva.

Las autoras agradecen a:

Prof. Alicia Mannucci, Instituto Italiano de Cultura de Buenos Aires
Ing. Flavio Perazzo, Instituto Cultural Argentino-Ligur
Sra. Valeria de Bonilauri, Unión Toscana de Buenos Aires
Dr. Carlos Astarita, Universidad de Buenos Aires

Dr. Danilo Cabona, Archivio Storico dell' Autorità Portuale, Génova
Dra. Loredana Grubessich, Compagnia Balestrieri del Mandraccio, Génova

Dra. Jenny Del Chiocca, Società Storica Pisana
Dra. Enrica Salvatori, Universidad de Pisa
Prof. Maria Luisa Ceccarelli Lemut, Universidad de Pisa

y a todos los que, a título personal, colaboraron con valiosa información.

VIII Premio Alfaguara de Novela 2005

El 28 de febrero de 2005, en Madrid, un jurado presidido por José Manuel Caballero Bonald, e integrado por Silvia Hopenhayn (Secretaria), Juan González, Fernando León de Aranoa, Ana María Moix, Manuel Rivas e Iván Thays otorgó el **VIII Premio Alfaguara de Novela** a *El turno del escriba,* de **Graciela Montes** y **Ema Wolf.**

Acta del Jurado

El Jurado del **VIII Premio Alfaguara de Novela 2005**, después de una deliberación en la que tuvo que pronunciarse sobre siete novelas seleccionadas entre las seiscientas cuarenta y nueve presentadas, decidió otorgar por mayoría el **VIII Premio Alfaguara de Novela 2005**, dotado con ciento setenta y cinco mil dólares, a la novela titulada *El turno del escriba,* presentada bajo el seudónimo Mark Twin, cuyo título y autoras, una vez abierta la plica, resultaron ser *El turno del escriba*, de **Graciela Montes** y **Ema Wolf.**

El Jurado ha considerado que esta novela es la recreación de una época fascinante de la humanidad, la de los descubrimientos y la atracción por lo desconocido, que trasciende el marco histórico para convertir su escritura deslumbrante en un acto de libertad. Los personajes centrales son el escriba Rustichello y el viajero Marco Polo, que coinciden en la cárcel en la Génova del siglo XIII. La novela transforma el espacio cerrado del calabozo en un arca donde caben el mundo real y el de los sueños.

El turno del escriba se terminó de imprimir en
abril de 2005, en Litográfica Ingramex, S.A. de C.V. Centeno
162, Col. Granjas Esmeralda, C.P. 09810, México, D.F.

Certificado No. 02-2082

Premio Alfaguara de Novela

El Premio Alfaguara de Novela tiene la vocación de contribuir a que desaparezcan las fronteras nacionales y geográficas del idioma, para que toda la familia de los escritores y lectores de habla española sea una sola, a uno y otro lado del Atlántico. Como señaló Carlos Fuentes durante la proclamación del **I Premio Alfaguara de Novela**, todos los escritores de la lengua española tienen un mismo origen: el territorio de La Mancha en el que nace nuestra novela.

El Premio Alfaguara de Novela está dotado con 175.000 dólares y una escultura del artista español Martín Chirino. El libro se publica simultáneamente en todo el ámbito de la lengua española.

Premios Alfaguara

Caracol Beach, Eliseo Alberto (1998)
Margarita, está linda la mar, Sergio Ramírez (1998)
Son de Mar, Manuel Vicent (1999)
Últimas noticias del paraíso, Clara Sánchez (2000)
La piel del cielo, Elena Poniatowska (2001)
El vuelo de la reina, Tomás Eloy Martínez (2002)
Diablo Guardián, Xavier Velasco (2003)
Delirio, Laura Restrepo (2004)
El turno del escriba, Graciela Montes y Ema Wolf (2005)

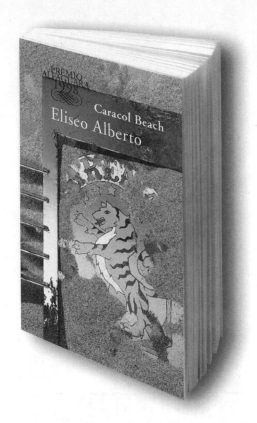

Premio
ALFAGUARA
de novela
1998

ELISEO ALBERTO
Caracol Beach

SERGIO RAMÍREZ
Margarita, está linda la mar

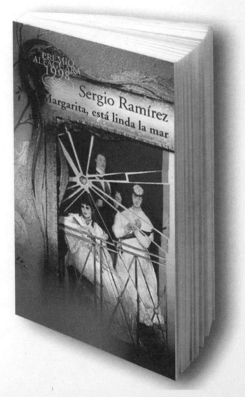

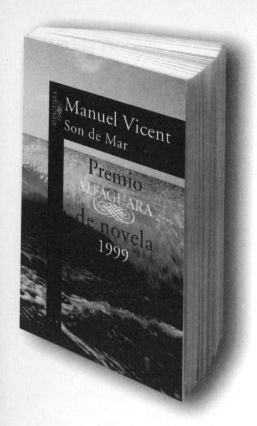

Premio
ALFAGUARA
de novela
1999

MANUEL VICENT

Son de Mar

CLARA SÁNCHEZ

Últimas noticias del paraíso

Premio
ALFAGUARA
de novela
2000

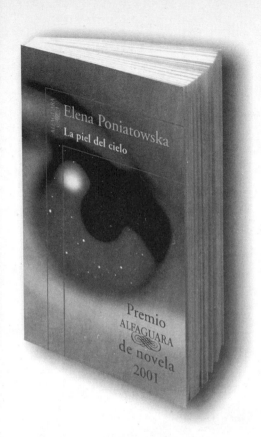

Premio
ALFAGUARA
de novela
2001

ELENA PONIATOWSKA
La piel del cielo

TOMÁS ELOY MARTÍNEZ
El vuelo de la reina

Premio
ALFAGUARA
de novela
2002

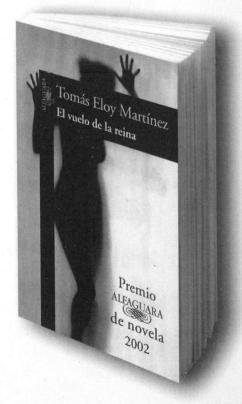

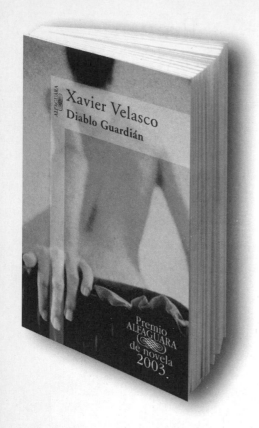

Premio
ALFAGUARA
de novela
2003

XAVIER VELASCO
Diablo Guardián

LAURA RESTREPO
Delirio

Premio
ALFAGUARA
de novela
2004